光文社文庫

当確師

真山　仁

KOBUNSHA

目 次

プロローグ 7
第一章 看板に偽りなし 17
第二章 驕《おご》る男 68
第三章 争わない女 119
第四章 煮え切らない男 155
第五章 声を上げる女 182
第六章 かき乱す男 206
第七章 闘う女 237
解 説 大島《おおしま》 新《あらた》 286

主な登場人物

聖《ひじり》 達磨《たつま》　日本屈指の選挙コンサルタント。当選確率九九%を誇る当選確実請負人。

碓氷《うすい》俊哉《としや》　聖事務所・調査責任者。前職は衆議院議員秘書。

高月《たかつき》千香《ちか》　聖事務所・データ分析責任者。

関口《せきぐち》健司《たけし》　恩師の選挙活動を手伝った縁で、聖の運転手を務めることになる。

鏑木《かぶらぎ》次郎《じろう》　高天《たかあま》市長。元検事。高天市を日本屈指の自治体に押し上げた。次期市長選で三期目を狙う。

鏑木瑞穂《みずほ》　鏑木の妻。旧姓・小早川《こばやかわ》。高天市有数の財閥グループを率いる一方、雷《いかずち》神宮の氏子総代という顔を持つ。

小早川選《すぐる》　瑞穂の弟。東京大学で社会学を学び、オックスフォード大学に留学。ＮＰＯ法人なかまネット主宰。

黒松《くろまつ》幸子《さちこ》　社会活動家。一歳の時に病で聴力を失う。市民相談のＮＰＯ「ＭＵＴＥＫＩ」代表。

当確師

プロローグ

選挙は戦争だ――。

聖達磨《ひじりたつま》が選挙コンサルティングの依頼を受けた時には、開口一番そう断言する。

候補者にとって選挙は一世一代《いっせいちだい》の大バクチであり、敗れたら社会的地位も私財も失う。その挫折《ざせつ》感は並大抵ではなく、立ち直るのにはよほどの精神力が必要だ。

しかも、選挙候補に名乗り出た瞬間からライバルからの誹謗《ひぼう》中傷が始まり、プライバシーはすべて白日《はくじつ》の下《もと》に晒《さら》され、ありもしない汚名まで着せられることだってある。

そんなリスクを撥《は》ねのけ、一人でも多くの有権者の票を獲得する選挙は、流血沙汰《りゅうけつざた》こそないものの、まさに戦争そのものだ。

ならば、勝つためには戦略がいる。

いくら人脈が広くてカネがあっても、それだけでは勝てない。立候補する選挙区の特性と有権者の傾向を把握し、確実に票を積み上げる「軍師」が必要なのだ。

聖達磨という選挙コンサルタントは、「勝てそうにない選挙で、候補者を当選させる当確《とうかく》師《し》」として、その名を轟《とどろ》かせている。

この日、新たな依頼人が、六本木ヒルズの聖事務所を訪れた。

依頼人は高天《たかあま》市に事務所を構える弁護士で、嶋岡優介《しまおかゆうすけ》と名乗った。

政令指定都市である高天市は、人口一七七万人、有権者数約一三八万人。日本で一番住みたい都市アンケートでは四年連続一位となり、昨年度には首都を襲う甚大《じんだい》災害対策のための首都機能補完都市に選定されて話題になった。

その高天市で、今秋に市議会議員選挙が、来年秋には市長選挙がそれぞれ予定されている。

三〇代と思われる嶋岡は、オーダーメードらしきスーツを着こなし、足元の靴まで一分の隙《すき》もない。

この男が出馬予定者なら、当選させるには、有権者に身近な存在としてもう少しメイクアップする必要がある。それでも、市議選なら楽勝だろう。

「お忙しいでしょうからすぐに本題に入ります。来年秋、高天市長選挙が予定されています」

なんと無謀な。この男は市長選に立候補するつもりなのか。

「現市長は確か鏑木《かぶらぎ》さんでしたっけ」

「現職の鏑木次郎《じろう》市長の三選目の出馬は決定的で、圧勝するだろうと言われています。しかし、彼の暴政は酷くなるばかりです。我々は今回こそ鏑木を倒したいと考えています」

暴政とはまた剣呑《けんのん》な。弁護士がみだりに使っていい言葉ではない。

元検事の鏑木が、当時の市長の不正を糺《ただ》すと宣言して出馬したのが七年前だ。現職を僅差《きんさ》で破り初当選した。

当選するなり、市の内部文書を洗い出し、前市長を贈収賄や背任容疑で告発した。前市長は最高裁まで争ったが、結局懲役五年の実刑を食らっている。

「悪代官を追い出す」という最初のミッションを達成した後、鏑木市長は市行政の浄化と刷新に着手した。さらに、企業誘致や国際交流にも力を入れ、今や日本屈指の成功した自治体の首長として、全国にその名を轟かせている。

つまり、日本で最も「暴政」という言葉が似つかわしくない都市が、高天市なのだ。

いずれにしても、鏑木市政に対する一個人の主観的評価など、聖には興味はなかった。

それよりも気になったのは、嶋岡が「我々は鏑木を倒したい」と言ったことだ。つまり、彼自身が出馬するのではないらしい。全国的に名の知れた名市長とこの弁護士が一戦を交える無謀さを心配する必要はないわけだ。

だが、この手の依頼を他人任せにするような輩《やから》は、絶対戦争に勝てない。

「失礼だが、あなたは誰かの代理人ですか」

嶋岡は当然のように「そうです」と答えた。

「どなたの代理人なんです？」

「鏑木次郎市政の暴走を阻止する会です」

「そんなふざけた名の会など聞いたことがない」

相手は聖の無礼な態度に驚いたようだ。

「今の言葉を撤回してください」

「ここは裁判所じゃない。俺は選挙コンサルなんだ。仕事は、立候補予定者を当選させることだ。なのに、本人が姿を見せず、怪しげな会の代理人だとぬかす小僧が来ただけ。あんた、選挙を舐《な》めてんのか」

部屋には、記録係として事務所管理人も兼務するベテラン秘書、並乃梓《なみのあずさ》が同席している。小柄で生真面目《きまじめ》な女性だが、人を見抜く力はなかなかのものだ。

彼女は聖の乱暴な言動に一瞬だけ驚いたようだが、別に珍しいことではないと納得したのか、再び執務に戻った。

「聖さん、私は依頼人なんですよ。その態度は失礼でしょう」

「おいおい弁護士さん、まだ私は依頼をお受けしていない。したがって、あんたとは無関係だ。そんな七面倒臭い言い方をしないで、あんたの依頼人と候補予定者の名を教えてもらおうか」

こういう非礼に不慣れなのか、嶋岡は露骨に怒って鼻の穴を膨らませている。バカらしくなって聖は立ち上がった。

「じゃあ、話はここまでだ。気をつけて帰ってくれ」

「では、正直に申し上げます。有志の代表は、この方です」

嶋岡が懐《ふところ》から取り出したスマートフォンの画面を、聖に見せた。

「なんと……」

そこに写っていたのは、衆議院議員の大國克人《おおくにかつと》だった。選挙のたびに聖がコンサルタントを務めている上得意でもある。だが、大國と鏑木の関係は至って良好なはずだ。

「冗談にしか思えませんな。ご本人に確かめるぞ」

そう言うと、嶋岡が電話を掛けた。

「先生、申し訳ございません。やはり、直接お話をされたいそうなので」と言うと、聖に電話を差し出した。

〈いやあ、タッちゃん、ご無沙汰。一つ頼むよ〉

やけに明るい代議士の声がスマートフォンから響いてくる。

「先生、まさかあなたが黒幕とは」

〈資金はね、たっぷりある。私の財布じゃないがね。そもそも君だって奴《やつ》を嫌っていただろ〉

鏑木が初出馬の際、大國に頼まれて選挙コンサルタントを引き受けた。だが、なりふり構わぬ暴走ぶりに呆《あき》れ、途中で降りたのだ。

「好き嫌いなどという感情はありませんよ。ただ、鏑木氏は私のクライアントとしてふさわしくなかっただけです」

〈まあ、それはいい。詳しい説明が必要なら、改めて時間は取るから。ぜひ、引き受けてくれ〉

本当に大國が〝黒幕〟なのだろうか。

大國は、外務大臣を務めたこともある大物政治家の息子《むすこ》で、育ちの良さが全身から溢《あふ》れ出ている陽気な男だった。彼の政治信条は敵をつくらないことで、だから地元の首長らともうまくやってきている。その「穏健派」が、宗旨替えしたというのか。

「承知しました。他ならぬ大國先生のご依頼とあれば、前向きに検討しましょう」

〈それは、ありがたい。嶋岡君とは、お父上の代から親しくおつきあいしている関係なんだ。全幅の信頼を置いている。なので、何でも彼に相談してくれればいい〉

既に一〇年以上大國の選挙コンサルタントを務めているが、嶋岡などという友人を紹介された記憶はない。それも呑《の》み込《こ》んで聖は、電話を終えた。

まさか鏑木市長を倒す側に回る日が来るとは……。

「この三人のいずれかを候補に選んで戴《いただ》きたいと、大國先生が希望されています」

各候補ごとにまとめたファイルが差し出された。

「候補者選考まで俺にやらせるのか」

「いずれも甲乙つけがたく、ここは専門家の聖さんに選んで戴くのがベストだとおっしゃいまして」

大國の意向だと言えば、俺が何でも従うと思ってやがる。

「選挙は戦争なんだ。しかも、相手は出馬表明した瞬間に、当確が打たれるような強敵なんだぞ。なのに、候補者の選定まで他人任《ひとまか》せで、本当に勝てると思っているのか」

嶋岡がこれ見よがしにため息をついた。

「実は、私も全く同感です。なってませんよね。でも、それが依頼主の意向であれば、致し方ありません。聖さんだって、大國先生のご依頼をお受けになったんですから、ご協力願います」

「まだ、受けたわけじゃない。前向きに考えると言ったんだ」

「ならば、前向きに候補者選定をお願いします。その点については、別途料金が発生してもいいと、大國先生から言われております」

当然だろ。

そもそも日本では、選挙コンサルが真っ当な報酬を受け取りにくい法律になっている。告示された段階で、候補者の周囲で報酬を受け取れるのは、ウグイス嬢や運転手くらいだ。選挙コンサルが選挙期間中に介入してアドバイス料を受け取った瞬間に、公職選挙法違反で逮捕される可能性がある。したがって、聖のビジネスは、告示前までが勝負なのだ。

無論、警察には内緒で「ボランティアとして」選挙期間中候補者に様々なアドバイスをすることはある。それも選挙のコンサルティングではなく、候補者の政治活動についてのサポート費として前払いで受け取り、誤魔化すのだ。

だから、タダ働きさせられることもあるし、成功報酬を得るのは極めて難しい。

とにかく、大國がそこまで言うのであれば、必ず請求することを念頭に、ビジネスライクに徹するべきだ。そして、この三人の候補者では勝てないと判断したら、そこで撤退すればいい。

「ところで、失礼を承知で伺いたいのですが、聖さんのアドバイス通りにやると、当選確率は九九％になるというのは本当ですか」

確かに失礼な質問だが、多くの依頼人がその点を尋ねる。

「心配なら、来月から始まる平成《へいせい》市長選挙をウォッチするんだな。現職絶対有利という下馬《げば》評《ひょう》の中、地元有志が擁立《ようりつ》する人物を俺が支援する」

行政規模は全然異なるが、選挙の構図は似ていた。

「自分の目で確かめてみるといい。その間に、俺は調査員を派遣して、この三人の下調べを進める」

ふざけた依頼ではあるが、大國が挙げてきた三人の候補の中に、良い玉があったら、面白い選挙がやれる。

当確師の最大の醍醐味《だいごみ》は、盤石《ばんじやく》と言われる現職を叩《たた》き潰《つぶ》すことにある。

それに、けっして口外しないが、聖には一つの哲学があった。

選挙で、この国を浄化する――。

そのためには、圧倒的な権力者を叩き潰し、愚かな有権者に妄想を抱かせねばならない。

すなわち、政治なんて何をやっても変わらないと、諦《あきら》めてはいけない、民主主義の主役は有権者なのだと。

第一章　看板に偽りなし

1

敗色濃厚――。

ここ数日、よく聞こえてくる言葉だ。平成市長選、友田泰《ともだやすし》選挙対策本部会議室の片隅でそれを耳にするたび、関口健司《せきぐちたけし》は苛立《いらだ》った。運動員の分際《ぶんざい》で偉そうなことは言えなかったが、まだ諦めるのは早いんじゃないか。

「投票日まであと四日しかないのに、一〇%も票が足りないなんて。あんた、よくそんな呑《のん》気《き》なことが言えたもんだな」

候補者の隣に座る長髪の男に向かって、後援会幹部のオヤジが吐き捨てている。幹部は市内で不動産業を営んでおり、六〇歳を過ぎているというのに黒々としたパンチパーマが自慢で「まだまだこれから」が口癖の暑苦しいおっさんだった。だが、対する男は腕組みをしたまま微動だにしない。当確師とか言うらしい。——世間にそんな職業があることも知らなかったが、同じ陣営とはいえ、印象はサイアクだ。妙にすかしているし、やたら高そうな三つ揃《み》いのスーツも鼻につく。

聖達磨という名前だって胡散臭《うさんくさ》い。てっきりビジネスネームかと思ったが、本名だという。選挙事務所を預かる森《もり》選対本部長の話では、「聖《セント》ダルマ」とも読めるから、「縁起の良い名前」らしい。

「聖さん、何とか答えたらどうだ。あんたに高いカネ払ったのは、そうやって黙《だん》まりを決め込んでもらうためじゃねえんだ」

「まあまあ、皆さん、もうちょっと穏やかに参りましょう。票の上積みができないのは、私の不徳の致すところです。どうすれば挽回《ばんかい》できるのかを、みんなで考えようじゃないですか」

一触即発の険悪な空気に、候補者当人の「友田先生」が割って入った。友田は県立高校の国語教諭を経て、居住地の谷間《たにあい》村で村長を二期務めた。その後は七町村の大合併で生まれた平成市で、教育長に就任するが、市長の教育方針に異を唱えて辞職、地元での隠居生活を選んだ。そこで、ワンマンな現市長に不満を持つ市議や地元の有力者が、友田を市長候補に担ぎ出したのだ。

健司も彼の教え子の一人だ。それに友田はラグビー部の顧問でもあったので、そこでも世話になり、ラグビー推薦で大学も決めた。健司は有望選手としてそれなりに内外から注目されていたものの、足の靭帯《じんたい》断裂によって選手生命を絶たれてしまった。その時に誰よりも親身に相談に乗ってくれたのも友田だった。健司にとってはまさに人生の師であるだけに、友田の出馬を知ると、いち早く運動員として名乗りを上げた。

「先生が甘いから、こいつはつけあがるんですよ。おい、ダルマ何とか言え」

せっかく友田が仲裁してくれたのに、後援会のオヤジは矛《ほこ》を収めようとしない。当確師の視線がパンチパーマのオヤジに向けられた。

「あんた、どれだけ集めてきた？」

「なんだと」

「偉そうにおっしゃるあんたは、一体いくら票を集めてきたのかとお尋ねしたんだ」

「地元だけでも、一〇〇〇はくだらねえぐらい集めたぞ」

当確師が露骨に嘲笑《わら》った。

「実際は、二四八票」

パンチパーマの顔が真っ赤になった。聖は手元のデータを指で叩いた。

「あんた、盛りすぎだよ。選対本部の集計表を見れば分かるはずだ」

「何だと。この集計表が正しいって根拠でもあるのか」

聖の指がいきなり鳴った。思わず視線を向けると、聖が健司を指さしている。支援者名簿の確認を行った責任者として説明しろと言っているらしい。

「僕らが調べた限りでは、何度やってもそういう数字しか得られませんでした」

現状をありのまま伝えただけなのに、パンチパーマは不当だと言わんばかりにテーブルを叩いた。

「ガキが、何をぬかしてんだ！　わしの名簿を信用せんのか」

健司の全身から汗が噴き出た。健司は高圧的な人間が苦手だ。調査に自信はあったが、うっかり反論でもしようものなら殴られるかもしれない。選挙運動に参加するのは初めてだが、こんな諍《いさか》いは日常茶飯事だった。互いに自己主張ばかりして、一向にまとまらない。各人のメンツや打算ばかりが目立って、友田先生を心から応援したいなんて人は自分以外いないのではと思ってしまうこともしょっちゅうだ。

「あんたが提出した支援者名簿は、筆跡が同じものが多い。なぜなら、世帯代表者に家族全員の名を書かせたからだ。そんなもんは支援者名簿じゃない。必要なのは、投票者自身の署名なんだよ」

　聖が止《と》めを刺した。パンチパーマはもう一度拳《こぶし》でテーブルを叩くと、「やってられんわ」と捨《す》て台詞《ぜりふ》を吐いて、会議室を飛び出そうとした。それを聖が呼び止めた。

「この際だから、はっきり言っておく。俺が友田さんの選挙参謀を務めているのは、友田さんに市長になって欲しいからだ。報酬はビタ一文受け取っていない。それを忘れるな」

　パンチパーマは舌打ちして、部屋を出て行った。

「一票でも多く獲得できなければ、選挙は負ける。そのためには、地道に票を積み上げるしかない。あんたらには、危機感が欠けてるんだ。気合いを入れろ」

　聖はとにかく横柄《おうへい》なので、若いボランティアは皆ビビっている。このままでは、本部のムードが悪くなると思い、手を挙げた。

「ちょっといいですか」

　聖の人差し指がこちらに向けられた。指名してくれたらしい。こいつの親は、人を指してはいけないと息子に教えなかったのだろうか。

「市長派は、就職の斡旋《あっせん》や市営住宅の優先入居権などで、我が陣営を切り崩しています。あるいは、職場で露骨な嫌がらせもしています。そんなのを相手にして、まともなやり方で勝てるんでしょうか」

「お、いいこと言うじゃないか。じゃあ、教えてくれ。どうすればいい？」

「それは僕が考えることじゃないんで」

「おまえは、バカか。脳みそあるんだろうが。ちゃんと意見を言え」

「えーと。市長派の狡《ずる》さを訴えるとか？　そういう選挙運動もあるでしょ。何とかキャンペーンでしたっけ」

「ネガティブ・キャンペーンはやらん。小僧、友田先生の名を汚す気か」

「じゃあ、どうやって勝つんですか。聖さんこそ当確師なんだから、確実に当選できるようなイケてるアイデアくださいよ」

「勘違いしないでくれ。俺は魔術師でも神さまでもない。俺の言うとおりに選対が動かなければ、さすがの俺でも当確どころか、法定得票数だって保証できない」

なんだ、こいつ。その程度で偉そうに、当確師なんて名乗るなよ。

「無責任なこと言わないでくださいよ。皆、あなたの言うとおりにやってるじゃないですか」

「じゃあ、どうして支援者名簿と実際の支持者数にこんな差があるんだ。おまえらがいい加減にやってるからだろ。いいか、選挙は戦争だ。気を抜いたら殺される。こんな有様じゃや、我が陣営は既《すで》に死《し》に体《たい》だな」

「聖さん、そんな厳しいこと言わないでくださいよ。運動員の皆さんにはあまりガツガツやらないように私からお願いしてるんです。とにかく皆さんのお気持ちにお任せしたかったんです」

またもや友田がかばってくれた。

「友田さんは本当に人がいいな。おまえら、先生を支えるのが選対なんだぞ。先生の期待に応える結果を出せ」

こちらの気分が悪くなるほどふかしていたタバコを灰皿に押しつけて、聖は立ち上がった。すかさず森選対本部長が「とにかく、各地区で一割アップを目標に頼むよ」とはっぱをかけて、ミーティングはお開きとなった。

「友田さん、ちょっといいかな。それと、選対本部長も。そろそろ俺も本気で動こうと思う。それで色々相談したいことがある」

聖の一言で、部屋を出ようとしていた幹部らが足を止めた。友田は笑顔で、一方の選対本部長は渋面《じゅうめん》で頷いた。

三人が友田の部屋に入ってしまうと健司は大きく伸びをした。A級ライセンスを持つ健司は友田の運転手役を買って出ている。やることがなくなったのでスマートフォンをチェックすると、メールが何通か届いていた。〝ＫＥＩＫＯ〟から数回。〈まだ？〉とせっついている。健司はため息をつくと、〈まだ少し時間かかる〉とだけ返した。

鳩首《きゅうしゅ》会談が長引きそうだと見て、女性ボランティアの片づけ作業を手伝うことにした。敗色濃厚と男どもが落ち込んでいても、選挙事務所を切り盛りする女性陣はいつも明るい。友田のかつての教え子やその母親だけでなく、大学生や二〇代の若者も交じっている。誰もが生活に汲々《きゅうきゅう》とし、生きにくさを感じる時代に、友田なら、それを緩和してくれるのではないかという期待が、彼女らを動かしている。

健司も友田に市長になって欲しいと願っているが、現実はそう甘くないとも思う。そもそも健司自身が裏切り行為をしている。

勢いよく扉が開いたかと思うと、部屋から聖が出て来た。

「おい、小僧。おまえ、今から俺の運転手だ。つきあえ」

「それじゃあ、誰が先生をご自宅まで送るんですか」

友田を放って行くわけにはいかない。

「先生の送迎くらい、おまえじゃなくても充分だ。ぐだぐだ言わずに、ついてこい」

2

「鹿鳴亭《ろくめいてい》って知ってるか」

後部座席に乗り込むと同時に、タバコをくわえた聖が話しかけてきた。

「聖さん、この車、禁煙です」

ルームミラーに、ライターを取り出す聖の姿が映った。

「聖さんてば」

「俺の質問に答えろ。鹿鳴亭って知ってるか」

「知ってますよ。とにかくタバコやめてください」

後ろからシートを思いっきり蹴《け》られた。

「やかましい。俺が乗る時は好きにしていいと言われてるんだ。一五分後に、鹿鳴亭で人と会う。間に合わせろ」

法定速度なら最低でも三〇分はかかる。そう返すと「腕の見せ所だな。サツに捕まらないように飛ばせ」と問答無用で命じられた。

さすがに腹が立ったので、急発進してやった。その勢いで聖がシートからずり落ちそうになったのをミラーで確認して、少しだけ溜飲《りゅういん》が下がった。

県道を避けて、農道や市道を飛ばした。辺りには街灯もなく、日没後は呆れるほど暗くなる。両脇が田んぼの舗装の悪い道路をハイビームで走ると、市とは名ばかりの田舎町《いなかまち》の素顔が照らし出された。七つの町村が合併したところで、人口はわずか六万人足らず。こんなちっぽけな町が、選挙で真っ二つに割れている。

現市長の安田一輝《やすだいっき》は、平成市最大の町、昭和町《しょうわまち》の有力者一族だった。曽祖父は実業家、祖父は県議会議長などの要職を歴任した。一輝の父、一光《いっこう》は三〇代で町長に就任し、六期当選し続け通算二四年にわたり町を牛耳ってきた。政界から引退した今も、地元の様々な団体の理事や代表を務め、隠然たる力を持っている。

元銀行マンの一輝は三〇代で帰郷して四年ほど父の秘書を務めたのちに、町長に初当選した。地方から日本を変えると訴え、大合併に突き進み、初代市長に収まった。その結果、彼の地元である昭和町地区だけが栄え、他地区は廃《すた》れた。しかし本人は「集中と選択の結果で、第一段階としては大成功」だと嘯《うそぶ》いている。

もっとも、一輝自身は既に市政には飽きており、国政に打って出たい考えのようだ。衆議院議員の岳父が、今期限りでの引退を表明しており、その跡を襲う腹づもりだと聞く。いつ解散総選挙になるか分からない不安定な政局にもかかわらず、市長再選を目指しているのはなぜか——。

それは、市長再選が、岳父の禅譲《ぜんじょう》条件だからだ。これぞまさしく選挙の私物化だが、今のところは現市長の圧勝は間違いなさそうだ。田舎の政治なんて所詮この程度なのかも知れない。誰がやったって大差ないのだ。そんな諦めを払拭《ふっしょく》しようと、友田先生は立ち上がってくれた。

ただでさえ不利な状況なのに、我らが選挙参謀は、支援者同士の調和を乱してばかりだ。なのに何となく皆が聖に従ってしまうのは、かつて絶対不利と言われた国会議員を大逆転勝利に導いた人物だからだ。安田一輝の岳父である佐藤俊春《さとうとしはる》の選挙がそれだ。友田陣営に聖がついたと聞いた佐藤本人が、わざわざ東京から戻ってきて翻意を求めたという話も聞いている。

聖は無償で選挙参謀を務めていると言っていたが、告示前に一〇〇〇万円以上のコンサルタント料が支払われているらしい。

無茶な追い越しを何度も繰り返した甲斐《かい》あって、車は一七分で目的地に到着した。料亭の車寄せに勢いよく停車すると、鹿鳴亭と染め抜いた紺の法被《はっぴ》姿の男が飛ぶように出て来た。下足番の善《ぜん》さんだ。

「おまえ、ここで待ってろ」

ネクタイを締め直した聖に、肩を摑《つか》まれた。彼の指に一万円札が挟まれている。

「取っておけ、駄賃だ。カネに困ってるんだろ」

「こんなの、戴けません」

「いらっしゃいませ、聖先生、ご無沙汰致しております」

笑顔の女将《おかみ》が現れて、健司は仕方なくカネを受け取った。

「あら、健ちゃん、どうしたの？」

運転席から降りて聖のためにドアを開けていると、女将に声をかけられた。

「何だ、女将と知り合いなのか」

「甥《おい》っ子《こ》なんですよ。あ、健ちゃん、友田先生の選挙事務所にいるんだったわね」

「そして、今日は俺付きの運転手なんだ。ところで連れは？」

「ええ、もういらしてますわよ」

一体、こんな高級料亭で誰と会うんだ。聖が女将と共に店内に消えると、健司は善さんに声をかけた。

「善さん、客って誰なの？」

顔なじみの爺《じい》さんは、健司を人目につかない場所まで連れて行くと、小声で言った。

「山井《やまい》議長ですよ」

聞いて思わず声を上げそうになった。山井市議会議長といえば、バリバリの市長派だった。

「一人で？」

「そうなんです。こっちもびっくりですよ」

もしかして、聖は敵陣の切り崩しを目論《もくろ》んでるのか。

駐車場に車を移動すると、黒塗りのレクサスＲＸ４５０ｈが停まっていた。この町では見かけない高級車だ。エンジンを切ってから、健司はスマートフォンを取り出した。少しの間どうしようか迷ったが、覚悟を決めて〝ＫＥＩＫＯ〟に連絡を入れた。

〈もしもじ〉

神経質な男の声が出た。兄の健一《けんいち》だった。

「僕」

〈終わったのか〉

「いや、まだ。今夜はダルマ付きの運転手なんだ」

〈それはラッキーじゃないか。で、戦況分析はどうだ〉

「敗色濃厚って感じかな。ダルマのおっさんと選対幹部が揉《も》めている」

平成市市議一年生の兄は市長の腰巾着《こしぎんちゃく》で、呆れるくらいヘイコラしている。

健司は、そんな兄を見るのが辛《つら》かった。兄は家族の期待の星だった。勉強でも運動でも、兄にはいつも敵《かな》わなかった。人望も厚かった。健司は兄を慕い、自慢にもしていた。なのに、今やそんな面影はかけらもない。

〈それで健司、票読みはどんな感じだ〉

「あと一〇%は積み上げないとダメらしいよ」

〈本当か。俺たちの読みでは、接戦なんだが〉

実のところ、市長の選対本部の情報について兄が知っているのかどうか怪しいものだった。使い走りに過ぎないとも聞いている。

「けっこう深刻な雰囲気だよ。それで、ダルマのおっさんが本気になったみたい」

〈何だ、本気って〉

鹿鳴亭の一件を告げてやろうかとも思ったが、さすがに起死回生の作戦をぺらぺらしゃべるのはまずい。

〈おい健司、分かってるよな〉

何かあると、兄はすぐに恩を返せと迫ってくる。父の遺産で始めたビデオショップとカラオケ店が大赤字で、健司は借金の返済で追い詰められていた。既に一度、ガラの悪い連中に一日軟禁されて、たっぷりと脅《おど》されてもいた。その借金を兄が肩代わりしてくれたのだ。

「兄さん、僕、鹿鳴亭にいるんだ」

〈なんでそんな所にいるんだ〉

「ダルマが今、山井小次郎《こじろう》に会ってる」

電話の向こうで兄が息を呑んだ。

〈見たのか〉

「見たわけじゃないけど、善さんは間違いないと言ってる」

〈なら、善さんの見間違いだろ。あんな爺さんの話は、当てにならん。本当に山井議長と会ってるのか、確認しろ〉

「無茶を言うなよ」

〈カメラは持ってないのか〉

「あるわけないじゃん」

〈使いの者にすぐにカメラを持って行かせる。それで、ばっちりツーショットを撮るんだ〉

気乗りしなかったが、最後は兄のゴリ押しに負けた。

健司はシートを倒して目を閉じた。田舎の夜は静かだ。連日寝不足だったせいで、すぐ寝入ってしまった。

運転席側の窓ガラスを誰かが叩いた。弾《はじ》かれたように体を起こすと、兄がカメラを持って立っていた。

「おまえ寝てたのか」

兄は問答無用で助手席に乗り込んできた。

「なんだ、誰か遣いにやるって言ってたじゃん」

「自分の目で確かめたくなったんだ」

「そんなに焦《あせ》らなくてもいいんじゃないの。山井一人ぐらいどうってことないだろう」

「おまえは、ダルマの怖さを知らないんだ」

兄が恐れるほど凄《すご》い男ではない気がするが、言うと面倒なので黙って頷いた。

一〇分ほどすると、車寄せにタクシーが一台入ってきた。女将の上品な笑い声に続いて、聖の姿が見えた。聖に続いて不機嫌そうな山井議長も現れた。

「来た」と言うなり、兄はシャッターを切った。玄関を出たところで、満面の笑みの聖が山井の右手を両手で握りしめた。

窓を閉め切っているので会話は聞こえないが、あの様子だと、切り崩しに成功したのだろう。女将が、土産《みやげ》とおぼしき紙包みを差し出した。聖は受け取るなり、それを山井に押しつけた。

「もしかして、札束でも入ってんじゃないの」

健司がからかうと、兄に頭を叩《はた》かれた。

タクシーに乗り込んだ山井を聖は丁重に頭を下げて見送り、タクシーが見えなくなるまで微動だにしなかった。やがて、彼は女将の耳元で何か言って笑わせたかと思うと、奥に引っ込んだ。

「これは大変なことになった」

兄のこめかみに汗が浮いている。

「健司、まさかとは思うが、奴がまた誰かと会うようなら、写真を頼む」

そう言うと、兄はカメラを置いて車から降りた。市長派の選挙参謀にでも報告しに行くのだろう。

すぐにでも聖が出て来るかと待っていたが、いっこうに姿を見せない。あの男のことだから、座敷に上がり込んで酒でもくらっているのだろうと思った矢先に、新たにもう一台タクシーが現れた。健司はカメラを構えた。

副市長の小島《こじま》だった。彼は車から降りる時に警戒するように左右を確認した。その瞬間をカメラに収めた。

やはり聖に会うのだろうか。それから待つこと一時間足らず。またタクシーが現れた。そして聖が副市長と並んで表に出て来た。

「小島さん、私はあんたに惚《ほ》れた。次期市長はあんたに任せたい」

助手席の窓を少し開けておいたので、聖の声がよく聞こえた。気まずそうに顔をしかめる小島副市長の態度などお構いなしに、またもや聖は両手で小島の手を強く握りしめている。

別れ際に、聖はやはり土産を押しつけた。

わずか一時間ほどの間に二人とも聖に取り込まれたらしい。

市長派のスパイ行為を無理強いされてはいるが、健司は友田に市長になって欲しかった。裏切り行為をしながら、よくもそんなことを言えたものだが、本音だった。だから、聖には頑張って欲しいと思う。なのに、自分はそれを妨害しようとしている。ダッシュボードにカメラを隠すと、不意に情けなくなってハンドルを思いっきり叩いた。

仕方ないじゃないか。

取り立て屋に軟禁されて暴行を受けた恐怖はハンパじゃなかった。兄の助けで解放されてからも数日間は悪夢にうなされた。あんな思いを味わうのは二度とゴメンだ。

そろそろ聖が引き上げて来るかと構えていたら、クラクションと共に銀色のベンツが入って来た。聖は、再び鹿鳴亭に戻ったようだ。まさか一晩で三人も、と呆れながら再びカメラを引っ張り出した。

三人目は地元選出の県議会議員だった。彼も市長派の一人だ。

約一時間後、かなり酔っぱらった様子で県議が店から出て来た。聖も一緒だ。県議は楽しそうに聖の肩を叩いた。

「ダルマ、次の選挙は頼むぞ」

「今夜、兄弟の契《ちぎ》りを結んだ仲じゃないですか。喜んで一肌脱がせて戴きます」

土産を受け取った県議がベンツで去ってから、ようやく聖がこちらに向かってきた。

「小僧、帰るぞ」

3

翌朝、健司は電話の音で叩き起こされた。

〈いつまで、寝てるんだ！〉

兄だった。

「なに言ってんの。まだ、七時過ぎじゃないか」

〈おまえ、昨日の写真、流しただろ〉

何を言われているのか分からなかった。

「ＵＲＬ送ってるから、すぐにチェックしろ。それから電話してこい」

目をこすりながら、枕元のｉＰｈｏｎｅを手にした。兄からメールが来ている。だが、その前に友田からのメールを開いた。

〈おはよう！　いい天気だ。
今朝のお迎えは無用。終日、聖先生の「足」になってあげてください。
友田〉

また今日もあいつのお世話が仕事か……。そういえば昨夜、明日は午前一〇時に迎えに来いと言ってたっけ。

うんざりしながら、兄が指定してきたＵＲＬをクリックした。

『**安田陣営に綻《ほころ》びか⁉　幹部が次々密会　お相手は、敵陣営の選挙参謀**』という見出しのネット記事が目に飛び込んできた。ご丁寧なことに、鹿鳴亭の玄関で熱い握手を交わしている聖と市長派幹部それぞれの写真まで並んでいる。慌てて、兄に電話を入れた。

「なんなの⁉　コレ」

〈おまえがやったんだろ。誰に、流したんだ〉

「兄さん、何、バカなこと言ってんだ。そもそも昨日の状況で、コピーする余裕なんてあるわけないだろ」

昨夜は、聖を滞在先の旅館に送り届けた後で、カメラごと兄に手渡している。

〈今すぐ俺の家に来るんだ〉

「無茶を言うなよ。事務所に行かなきゃいけないんだ」

〈いいから来い〉

仕方なく言われた通り兄の家に向かった。ダイニングに入ると朝食の最中で甥と姪《めい》が騒いでいる。それを横目に、兄の書斎に入った。二人の若手市議と目つきの悪い年配の男がいた。安田市長第一秘書の濱村《はまむら》だ。

「これはおまえが撮った写真だろう」

デスクトップパソコンで拡大した例の記事を指さしながら兄が責めた。濱村を意識しているせいか、やけに居丈高《いたけだか》だ。

「ゆうべは、撮るだけ撮ってカメラごと兄さんに渡したんだ。データなんか持ってないよ」

「健司君、こんな記事を私は気にしていない。だが、さすがに関係者は穏やかではいられない。それは分かるね」

健司が頷くと、濱村が続けた。

「君に悪気はなかったかも知れない。きっと、面白半分で知り合いにデータを流したんだろう。それに関しては目をつぶるよ。だが、誰が何のためにこんな悪質な嫌がらせをしたのかを我々が知らないのは、まずいんだよ」

記事は、『**平成市の暴君　安田一輝糾弾**』というサイトにあげられていた。もちろん健司はそんなサイトの存在すら今まで知らなかった。

「濱村さん、誰にもデータなんて流してませんよ。それに、これは僕が撮った写真じゃない」

画像を一枚ずつ丹念に見ると、記事中の写真は健司が撮ったものとは明らかに別物だった。ピントがきれいに合っているし、何より画像の明るさが違う。これはプロの仕事だ。そもそもアングルが違う。この写真は、もっと玄関に近い場所から撮影されている。

ゆうべ駐車場で見たレクサスＲＸ４５０ｈが脳裏をかすめた。あの場所から撮れば、こういう風に写るかもしれない。

「何か、心当たりがあるのか」

濱村が聞いてきた。兄と違って全てを見透かされそうで怖かった。

「いえ、何も」

そう言ったが濱村は全く信用してくれなかった。疑り深い視線と無言という威圧感に負けて、レクサスの件を話した。

「いずれにしても、君に、もう少ししっかりと仕事をしてもらう時がきたようですね」

「どういう意味ですか」

「聖氏とこのお三方の会合の内容を調べてください。また、今夜も鹿鳴亭で宴席が用意されているなら、部屋に盗聴器を仕掛けて、しっかりとフォローして戴きたい」

冗談だろ！　だが抗議する前に、盗聴器を手渡された。

「健司君、よく聞いてください。これはあなたの将来のためにも、とても重要なミッションなんです」

4

気が重かったが仕方なく聖を迎えに行った。宿のフロントに声をかけると食堂に案内された。

聖の他に、後援会長の佐伯《さえき》と森選対本部長が揃っていて、全員、睨《にら》み付《つ》けるように健司を見上げた。どうやらまずいタイミングだったらしい。

「失礼しました。お迎えに上がりましたので、会議が済んだら声をかけてください。表で待っていますので」

「いや、おまえに用事があるんだよ、小僧」

言われるままに三人の前に置かれた椅子に座った。

「一度しか聞かないから正直に答えろ。つまらん嘘《うそ》で誤魔化そうものなら、おまえはこの町に住めなくなるからな」

昨夜はあれからよほど飲んだのか、聖の顔はむくんでいるし酒臭い。その殺伐《さつばつ》とした雰囲気が闇金の連中の記憶と被《かぶ》った。

「おまえが安田陣営のスパイなのを、俺たちは知っている」

「ちょっと待ってください。何てことをおっしゃるんですか!」

「さわぐな。ごちゃごちゃ言わずに、俺の質問に答えろ」

救いを求めるように森を見たが、突き放すような視線を返された。いつばれたんだろう。兄に電話とメールで情報を流すだけのスパイ行為なんてばれようがないのに。

「昨日の密談を誰にしゃべった」

またそれか。

「そんなことしませんよ」

「なあ健司君、高校時代、君は素晴らしい選手で、友田先生の秘蔵っ子の一人だったたな。私たちは君の味方なんだよ」

後援会長に優しく言われて、泣きたくなった。後援会長も若い頃はラグビー選手として鳴らした人だ。今だって林業を営みながら、母校のラグビー部を支援し続けている。

「おまえがスパイなのは、最初から分かってたんだ。俺が仕事を受けた時は、最初に運動員全員の身体検査をするからな。その時点でばれてたんだよ」

健司の全身から力が脱けた。

「佐伯会長！　すみませんでした！　借金の取り立て屋が怖くて。兄が肩代わりしてくれてるんです。それで断り切れませんでした」

「なぜ、私に相談しなかったんだね。たかだか三〇〇万ぐらい安いもんだ」

しかし健司には一生かけても返せそうにない大金に思えたのだ。誰かが援助してくれるなんて考えもつかなかった。

「申し訳ありませんでした！」

思わず土下座していた。

「詫《わ》びはそれで充分だ。罪ほろぼしに一肌脱いでもらう」

「何をやればいいんですか」

「決まってるだろうが。二重スパイだ」

またスパイか……。

「そんな顔するな。チャンスをやるんだから喜べ、バカ。もう一度聞くが、昨日の密会の件を知っているのは誰だ」

兄と若手市議二人と、安田市長の第一秘書の名を挙げた。

「濱村が知っているなら、大半の幹部が知っていると見るべきだろうね。それで関口君、君は何をしゃべったんだ」

森は健司の背信が許せないらしく、声に怒りが滲《にじ》んでいる。

「市長派の幹部三人と聖さんが、鹿鳴亭で会ったということだけです」

「森さん、こいつは密談内容を知らない」

聖が助け船を出したが、森は聞き流した。裏切った事実は変わらない。

「昨夜の密会を盗撮したものがネットにアップされているのはご存じですか。その件で朝一番で兄に呼び出されました。兄にも、おまえの仕業《しわざ》かと詰《なじ》られました。そこに他の三人もいました」

誰も反応しない。つまり知っているのだ。

あれは、聖の仕業か――、突然、健司は理解した。もしかして全て仕組まれていたのか。

「それで、おまえは今朝、兄上にどんな指示を受けたんだ」

「鹿鳴亭の座敷に盗聴器を仕掛けろと。それと、昨夜の密会内容を探れと」

「まるでスパイ大作戦だな。しっかり務めを果たせよ」

「まさか、盗聴器を仕掛けてもいいって言うんですか」

「そうだ。こっちは聞かれて困る話なんて何もない。それに、仕掛けなきゃ、おまえの正体がバレたと勘づかれるだろうが、バカ」

「濱村さんに、密会内容を探れと言われてるんです。教えてもらえませんか」

聖が鼻で嘲笑った。

「おまえらの想像通りだ」

「つまり、寝返るように三人を説得したんですね」

聖は笑みを浮かべるだけだった。

「あまりにズバリの報告は、却《かえ》って疑われる。その程度で充分だろう」

森が言い、佐伯も頷いて同意を示した。

「それで、彼らは応じたんですか」

「それは知らなくていい。今言った点だけを〝ＫＥＩＫＯ〟宛に報告しておけ」

それも、知ってたのか……。

「ついでにもう一つ、流していい情報がある。投票日前日、爆弾が落ちると言ってやれ」

「何ですか、爆弾って」

「言われたことだけやれ、バカは質問するな」

聖の「バカ」連呼はほとんど合いの手みたいなものだ。いちいち怒るのもバカらしくなった。同情してくれたのか佐伯が口を開いた。

「君はあまり知らないほうがいいんだ。そのほうが、相手に詰め寄られても困らないだろ。知っているのにシラを切るのはけっこう難しいんだよ」

どうせ脅されたらすぐしゃべると思われているのだろう。

「バカなんだから復唱しておけ」

声を張り上げて復唱した。

「結構。おまえ、バカだけど、記憶力はいいんだな。〝KEIKO〟に連絡するのは、夕方にしろ。必死で情報をかき集めたように振る舞うんだ。じゃ、行くぞ」

聖が椅子に掛けてあった上着を手にして立ち上がった。健司はもう一度深く詫びてから、〝当確師〟の後に続いた。

5

聖を選挙事務所に送り届けたのと前後して、兄からひっきりなしに催促が来た。あまりにうるさいので、昼過ぎ頃に連絡を入れた。

「兄さん、ちょっと落ち着いてくれよ。今、必死で調べてるんだよ。何か分かったら、すぐに連絡するから」

〈こっちは大騒ぎなんだ。何か情報をくれ〉

兄の悲痛な声で、向こうのダメージが相当大きいのだと分かった。

「頑張るよ」と返して電話を切ると、聖に報告した。

「だったら火に油を注いでやれ。但《ただ》し、言っていいのは、今朝の話題だけだ。それ以上は、何も言うな」

指示通りに〈三人は、裏切るように説得されたらしい〉と兄にメールで報告した。

それにしても、こんな情報を出していいのだろうか。せっかく切り崩しに成功したのに、元の木阿弥《もくあみ》じゃないか。だが、選対本部長の森や佐伯後援会長も了解している作戦なのだ、素人《しろうと》には分からない深謀遠慮《しんぼうえんりよ》があるのだろう。

すぐさま〝KEIKO〟から電話が入った。だが、相手は兄ではなく第一秘書の濱村だった。

〈でかしましたよ、健司君。その調子です。三人が本当に寝返ったのなら、その証拠を摑んでください〉

「濱村さんが、直接、本人に確かめればいいじゃないですか」

〈もちろん確認済みです。だが、無駄話をしただけだと口を揃えて言うんです。だから、お願いしているんです〉

電話は一方的に切られていた。聖も怖かったが、不気味な濱村と話すのはもっと嫌だった。再び聖に報告した。まるで伝書鳩だ。ダルマは「放っておけ」と言って自室に引きこもってしまった。

選挙事務所内では、スタッフが総出で〈最後のお願いです〉と電話攻勢に取り組んでいる。全員声が嗄《か》れてガラガラだ。健司も手伝わなければならないのだが、すっかり気分が萎《な》えていた。

「ちょっと、メシ行ってきます」と声をかけると、選挙事務所の名入りジャンパーを羽織って外に出た。秋風が急に冷たく感じられて、ジャンパーのファスナーを締めた。

信号を三つほど越えたところに、友田事務所御用達《ごようたし》の食堂があったのだが、今日は、反対方向にある喫茶店に行こう。選挙に関わる全てがうざったかった。

ポケットの中でｉＰｈｏｎｅが鳴っていたが、出るのも億劫《おっくう》だった。最初の角を曲がった時、白いワンボックスカーが健司の前で急停車した。スライドドアが開くと同時に、いきなり腕を取られ引っ張り込まれた。抵抗する間もなく車の中に転がされ、乱暴にドアが閉められた。

険しい表情で見下ろしている兄と目が合った。

「何の真似《まね》だよ」

「話がある。黙っていろ」

車にはがたいのいい男が二人乗っていた。争うだけ無駄だと観念して、健司はシートに座った。

「なんでこんな人目につくことするんだ？　そもそも僕がいなくなったら、ダルマに怪しまれるじゃないか」

だが、兄は無視した。一〇分足らずで、安田一輝選挙事務所という大看板が見えた。

「兄さん、冗談はやめてくれ、敵の陣営なんかに入れるわけないだろ」

問答無用で、ワンボックスカーが安田事務所の駐車場に停車した。

「抵抗はするな。暴れたら容赦《ようしゃ》しない」

無抵抗を示すために両手を挙げて、健司は素直に車を降りた。

「そのジャンパー脱げ」

友田選挙事務所のオリジナルジャンパーだ。派手なオレンジ色で、背中には〝かっとばせ！　トモダ〟の青い文字が躍っていて遠目にも目立つ。こちらとしても、こんなものを着て、敵陣に入りたくない。すぐに脱いで丸めた。

選挙事務所というのは、どこも似たようなものらしい。人の出入りも多いし、やはり電話で支援を訴えているが、ムードは全然違う。声に迫力があるし、中には脅すような口調でお願いしている運動員もいる。こんな事務所で活動したくないなと思った。

後ろからこづかれて廊下を進んだ。会議室という札のある部屋の前で立ち止まると、中から激しい怒声が聞こえてきた。

「ふざけるのも大概《たいがい》にしろ！　俺を誰だと思ってるんだ！」

突然、ドアが開き、中から出て来た男と鉢合わせした。市議会議長の山井小次郎だった。

「さあ、入るんだ」

兄に押し込まれるようにして部屋に入ると、濱村と選対本部長の安堂《あんどう》という市議がいた。

「やあ、いらっしゃい。手荒な真似をしてすまなかったね。それで、昨夜、お宅の選挙参謀と会った三人が、どう答えたのか、分かりましたか」

濱村は笑顔だが目が全然笑っていない。

「すみません、まだ手掛かりもなくて」

「おまえ、ふざけてるのか」

背後の兄が背中をこづいてきた。

「ほんと、すみません。ウチの事務所は僕ら下《した》っ端《ぱ》には何も教えてくれないんですよ。そんな中であまりしつこく聞くとさすがに怪しまれるんで」

「せめて、雰囲気だけでも分からないのか」

「雰囲気も何も、ウチなりに皆が頑張っているとしか言いようがなくて……」

「それで、聖氏はどうされているんですか」

再び濱村が尋ねてきた。

「あっちこっちに電話をしているようですが、内容は分かりません」

「あなた、彼の運転手なんでしょう」

「ええ。でも、今日は朝から一歩も事務所を出ていません」

必死の嘘が見透かされている気がして、濱村と目が合わないように下を向いていた。

「何か隠してますね」

「いえ、何も」

「じゃあ、なぜ目を逸《そ》らすんです。ねえ健司君、君も安田市長の再選を心から願っているんでしょ」

冗談じゃない。思わず俯《うつむ》いていた顔を上げてしまった。目が合った。

「隠し事はいけませんねえ」

健司は観念した。こんな状況でシラを切り通せる自信なんてない。

「すみません、正直に言います。投票日の前日に爆弾を落とすと、ダルマが言ってるのを、偶然、耳にしました」

「なんだと、おまえ、適当なことを言うな」

安堂のドスの利《き》いた声に健司は怯《ひる》んだ。

「嘘じゃないです。具体的な内容は知りません」

安堂らに囲まれているうちに、闇金の連中に監禁された時の恐怖が蘇《よみがえ》ってきた。気分が悪くなり、部屋から逃げようとすると、兄に阻まれた。

「爆弾が何なのか、どんなことをしてでも調べろ！　いいな」

苦しくて肩で息をした。腋《わき》の下がいやな汗で湿っていた。

「そう言われても、僕のようなぺーぺーでは無理ですよ」

「期待していますよ。今晩七時までにね」

「そんな無茶な。どうやって」

安堂が何か言おうとしたが、濱村が制した。

「健司君、選挙とは戦争です。無茶だろうが何だろうがとにかく全力を尽くしたほうが勝つんです」

こいつも聖も同じだ。選挙に勝つためには手段を選ばない。何が清き一票だ。

「それと、今夜の件ですが、聖氏が会う相手が誰か、分かりますか」

首を横に振った。本当に、知らないのだ。「君はあまり知らないほうがいい」と言った佐伯が正しかったのだ。聞いていたら口にしている。

「まあ、いいでしょう。では、これから一緒に盗聴器を仕掛けに行きましょう」

「僕一人で充分ですよ」

濱村となんか一緒に行動したくない。すぐに二重スパイを見破られそうで怖かった。

「いや、せっかく仕掛けるのです。上手にやらなければなりません」

6

健司は午前中のうちに叔母《おば》に連絡して、盗聴器を仕掛けたいと相談しておいた。既に、佐伯からも連絡があったそうで、「私は二時から一時間ほど留守にするから、その間に勝手にやって頂戴」と返された。

鹿鳴亭に向かうワンボックスカーの中で、兄らに監視されながら善さんに電話を入れた。

「健司です。叔母ちゃんいる？」

〈いま、お留守ですが、ご用件については伺っています〉

「今からそちらに伺うから」

電話を切ってから、「叔母は留守のようです。善さんにはお金を摑ませていますので、すぐに中に入れます」と濱村に伝えた。

鹿鳴亭に入る時に、「奴らの言うとおりにしてくれればいいから」と善さんに耳打ちした。

玄関で靴を脱ごうとしたら濱村に止められた。

「君はここにいてください。我々で仕掛けてきます。女将が戻ってきたら立ち話をして引き止めておくように」

それじゃ話が違うじゃないか。さすがに抗議したが、濱村に睨まれると引き下がるしかなかった。

監視役として兄も残った。

「一体どうなってんの、兄貴」

「うるさい。ウチは、もうパニックなんだ」

「何を浮き足立っているんだ。おたくらは、楽勝だろ」

からかったら、すぐに頭を叩かれた。

「おまえみたいにお気楽だったら俺も苦労しないさ。安田陣営は皆、自分の欲得で動いている連中ばっかりだ。不満を持っている者も多い。そういう連中を黙らせるために、実弾が飛び交っている。その上、当選後のポストや公共事業受注争いも熾烈《しれつ》だし。とにかくカネカネカネ、だ」

「そんなところにいて、楽しいのか」

つい、本音が出た。

「生意気を言うな。政治は力なんだ。いくらきれい事を言っても、権力がなければ何もできない」

兄がどんなにがんばったって、どうせ残りかすしか回ってこないのに――。

バカバカしくなって黙り込んでいると、濱村たちが戻ってきた。三〇分もかかっていない。

「では、帰りましょうか」

それだけ言うと、彼らはさっさと車に乗り込んだ。

最後にもう一度因果を含められて、拉致《らち》された場所で解放された。

健司は、しばらくその場から動けなかった。何もかも投げ出して、逃げたくなった。

電話が鳴った。

〈どこでサボってんだ。すぐ、戻ってこい、バカ〉

電話の向こうから聖に怒鳴られて、オレンジのジャンパーを羽織り駆け出した。腹の虫が鳴った。コンビニに寄っておにぎりを三つ買ってから、事務所に向かった。

7

聖の部屋に呼びつけられるなり、「何があった」と聞かれた。

「別に」

「嘘をつくな。おまえ、大の男が理由もなしにそんな顔つきにはならねえよ。シャツもよれよれだし。正直に話せ、何があった」

勝手な行動を責められると覚悟していただけに、聖にそう言われると張りつめていたものが緩み、洗いざらい報告した。

「でかしたな。小僧、いい仕事をした」

「どういう意味ですか」

「こんな大事な時に、堂々と敵陣営の選挙事務所に入って、連中の狼狽《ろうばい》ぶりをその目で確かめてきたんだろ。これは、ボーナスもんだ」

ずいぶんとポジティブな解釈だな。

「で、連中はどんな感じだった？」

「怖いくらい殺気立ってました」

怒りを爆発させていた山井議長の様子を告げると、聖はご機嫌になった。机の上の紙くずを数メートル先のゴミ箱に投げ入れて、「ナイス・シュート」と自讃している。

「兄の話では、市長は裏切り者を捜せと喚《わめ》いているそうです」

「いいねえ。最高じゃないか」

せっかくの聖の機嫌を損ねたくなかったが、もう一つ報告しなければならないことがあった。

「爆弾の話、しゃべっちゃいました。すみません。やっぱり、僕は脅しに弱いです」

「しゃべっていいって言っただろ、バカ。濱村の野郎はどうせ、爆弾の中身を探ってこいと脅したんだろう」

「午後七時までに突き止めろと言われました」

「放っておけ。そう何でもかんでも探り当てたら、かえって疑われる」

報告はそれで終わった。さっきはあんなに空腹だったのに、席に戻った時には食欲もなくなっていた。他のスタッフがチラシづくりで盛り上がっているので手伝うことにした。選挙運動最終日の最後の訴えで配るものらしい。

夕刻、鹿鳴亭に出掛ける準備をしていると、また兄からメールが来たが、健司は無視してハンドルを握った。今夜は時間に余裕があったので、県道を安全運転で走った。

「一つ、聞いていいですか」

「何だ」

後部座席でiPhoneを見ていた聖が顔をあげたので、ミラー越しに視線が合った。

「今夜、自陣の幹部が聖さんに会うのを、既に安田陣営は知っているわけですけど、バレてるのにわざわざ来る人なんているんですかね」

「どうだろうな」

「確信はないんですか」

「ないよ。だが、おまえの報告を聞いている限り、三人のうち二人は堅いな」

それが誰なのかは聞かないことにした。

「陣営が浮き足立ってくると、逃げ足の速い奴が必ず現れる。俺が呼び出したのは、そういう奴らなんでね。まあ、最後の一人は、別の理由で来るんだがな」

ひどい話だが理屈は納得できた。

道がすいていたおかげで、予定時刻よりも早く到着した。

「準備は大丈夫だな？」

健司は助手席の足下からカメラバッグを取り上げて見せた。

「受信機は」

今度はシート上のアタッシェケースを開いて見せた。

「結構だ。ところで、市長がこんなおもちゃを持っていることを、疑問に思わなかったのか」

「バカは、考えない方がいいんです」

「バカか、おまえは。俺は本当のバカに、バカとは言わん。考えろ」

聖が背後からシートを蹴飛ばした。

「やっぱりわかりません」

「市長は、市役所の会議室や副市長室、有力議員の私室に盗聴器を仕掛けている」

なぜ、そんなことまで知っているんだ。

「よく覚えておけ。相手の弱みを握ったら、さらに有利になる。情報こそが力なんだ。安田はそれをよく知っているということだ」

友田の選挙事務所に通うようになって、選挙や政治が心底イヤになった。好きな映画を観たり、気分次第で車を飛ばしたりする生活が、自分には合っている。

「〝KEIKO〟は、うるさく言ってくるか」

「五分おきに電話やメールが来ます」

相当焦っているのだろう。

「おまえ、安田市長をどう思う？」

「あいつはクソです」

「いいねえ、気に入った」

そう言うと、ダルマは鹿鳴亭に入っていった。

健司が一人になるのを見計らったように、兄の車が現れた。カメラと受信装置を持って兄の車に移ると、後部座席に市議の飯尾《いいお》がいた。


最初に鹿鳴亭に来たのは、もう一人の副市長だった。盗聴など初めての体験で脈拍が速くなったが、聞こえてくるのはひたすら女の話ばかりで、選挙がらみの話は一切出なかった。ただ、食後に庭に出たらしく、会話が全く途絶えた数分間があった。

続いて現れたのは、市職員組合長だった。ギャンブル好きで知られていて、終始博打話《ばくちばなし》で盛り上がった。ただ、やはり数分の空白があった。

今夜は誰が来ても驚かないつもりだったが、それでも三人目の時は思わず声を上げた。黒塗りのシーマから降り立ったのは、佐藤俊春代議士だった。運転席で見張っていた兄は「嘘だろ」と言ったきり黙り込んでしまった。

「これが、爆弾なのか」

「いや、知らない。だけど、こんなことって……」

考えてみれば、佐藤代議士は聖とのつきあいが誰よりも長い。二人が会うのは不思議でも何でもない。

「最後の一人は、別の理由で来るんだがな」という聖の言葉を思い出した。

〝やけに派手に、切り崩し攻勢を掛けているそうじゃないか〟

女将が部屋を下がった気配の直後に、佐藤の声が聞こえてきた。若干ノイズはあったが、声は鮮明だ。

〝まあ、友田先生を勝たせるのが、私の仕事ですからね。それは、佐藤先生から頼まれたことでもある〟

「何だって！」

兄が驚愕《きょうがく》した。

〝おいおい何を言い出すんだ〟

〝隠す必要はないでしょう。娘婿に禅譲するつもりなんてない。それどころか、できれば大恥をかかせたい。だから手を貸せ。そう言ったのをお忘れですか〟

〝そんな冗談を話すために、俺を呼び出したのか。市長は、娘の婿なんだぞ。そんなバカなことを頼むはずがないだろう〟

佐藤は断言するが、かえって嘘くさく聞こえる。

〝まあ、先生のご期待に沿いますから。ちょっと庭に出ますか〟

また空白の数分があった。

「飯尾さん、あんた、何か知ってるんなら、教えてください」

突然、兄が飯尾市議を詰った。後部座席にいた飯尾は俯いて唸《うな》るばかりだった。

「市長のワンマンぶりを快く思っておられないのは本当だが、安田一族の支援が欲しくて娘を嫁がせたくらいだ、この期《ご》に及んで面と向かって反旗を翻したら、一光さんは許さない」

飯尾がぼそぼそと説明した。かつて佐藤の秘書を務め、今でもつながりの深い飯尾が言うのだから、本当なのだろう。つまり市長を倒したいために、佐藤は友田先生の選挙コンサルにダルマを薦めたわけか……。

「何だ、それ。じゃあ、俺たちは何のために必死で、市長を応援しているんです」

兄はパニックに陥っているが、飯尾はそれきり黙り込んでしまった。

盗聴器が人の気配を伝えた。二人が座敷に戻ってきたようだった。

〝まあ、あんたはいい死に方はしませんよ〟

聖の声だった。

〝それはお互いさまだ。いずれにしても、俺は静観させてもらう。そして、金輪際《こんりんざい》おまえとも会わない〟

まもなく玄関口に佐藤が姿を見せたが、聖の見送りはなかった。

8

投票日の前日、大逆転が起きた。安田市長を支持していた小島副市長、山井市議会議長、そして市職員組合が、友田候補の支持を表明した。

彼らは、その動機について、市長に失望するような事案が発覚したためと答えるに止まった。

翌日、健司は朝一番で投票を済ませてから、友田の自宅に向かった。久しぶりに友田付きの運転手に復帰するのだ。友田はちょうど散歩から帰ってきたばかりのようで、トレーニングウェア姿で健司を迎えた。

「絶好の投票日和《びより》ですね。ここまできたら、勝っても負けても平常心でいなくちゃね。それにしても選挙戦は想像以上に楽しかった。応援してくれてありがとう」

コーヒーをおいしそうに飲みながら笑う友田を見た瞬間、健司はこれまでの裏切り行為を懺悔《ざんげ》しようと決心した。

洗いざらい打ち明けている間、友田はただ黙って聞いていた。

「よく話してくれたね。そのことについては佐伯さんから聞いていましたよ。君の立場では致し方なかった、そういうことです」

いたわるように肩を叩いてくれた。

「裏切り者ですよ、僕は」

「いいんです。君は選挙事務所の若者を上手く束ねてくれました。皆、君がいてくれて心強かったと言ってましたよ。聖さんも褒めていました」

「あの人には、ずっとバカって言われてました」

「それは彼の愛情表現です。さて、コーヒーを戴いたら、私も投票に行きますかね」

そう言ってカップを傾けている友田を見ていたら、こういう懐の深い人こそ市長にふさわしいと思った。

地元新聞の午後一時の出口調査の情報では、友田が二倍以上の大差で優勢だった。

そのまま勢いを保ち続け、午後八時の投票締め切り直後に、ＮＨＫが友田の当確を打った。

その一報と同時に選挙事務所はお祭り騒ぎになった。喜びと祝勝会の準備でスタッフ全員が浮き足立っていると、友田夫妻が息子夫婦らと共に選挙事務所に入ってきた。

お祝いに詰めかけた人が予想外に多く、万歳三唱は駐車場で行われた。

「バンザイ！　バンザイ、バンザーイ」

祝福の声をあげながら、健司は泣けてきた。スパイという裏切り行為で妨害しようとした自分の弱さがうらめしかった。

友田新市長への当選インタビューが始まったのを潮に、健司は人の輪から外れた。

選挙事務所から少し離れた場所に、黒いレクサスＲＸ４５０ｈが停まっていた。近づくと、後部座席のパワーウインドウが下りた。聖がいた。やっぱり、写真流出の黒幕は聖だったか。

「乗れ」

迷った末に、乗り込んだ。助手席には知らない男が座っている。

車が動き出してから、聖は手を差し出してきた。

「よく頑張ったな」

「僕は何もしていません。それより、さすが当確師ですね。あの、最後に三人が寝返った理由を教えてください。一体どんな爆弾を落としたんです」

「それは、本人たちに聞いてくれ」

「あなたの仕業でしょ。あんなとんでもない逆転劇、普通じゃありえないでしょ」

「あいつらには、市長から信用されてないぞと教えてやっただけだ。職場や自宅に盗聴器が仕掛けられてるぜってな」

庭での立ち話の時か。

「たったそれだけですか」

「もう一つあるがね。それは、おまえさんも自分の耳で聴いたろう」

「佐藤代議士に頼まれて、娘婿を落とすために友田陣営に入り込んだという話ですか」

「あれがトドメになった。本当か嘘かなんてどうでもいい。あの会話を、おそらく市長を含めて陣営全員が聴いた瞬間、疑心暗鬼という爆弾が炸裂《さくれつ》したんだ。誰が味方で、誰が敵か、一度迷い始めたらもう出口はない。どちらに乗っかるのが得策かを皆が考え始めた。言っておくが、こちらに寝返れなんて説得は一言もしていない。あいつらが勝手に盗み聴きして勝手に妄想したんだ」

つまり相手陣営は、自滅したのか。

「でも、何か手土産渡したでしょ。重そうなヤツ」

「鹿鳴亭名物の鯛飯《たいめし》だ。カネが入っているように見えたろ。佐藤以外の五人は、濱村あたりから、徹底的な訊問《じんもん》を受けたはずだ。出口で親しく俺と握手し、賄賂《わいろ》が入っていそうな土産までもらったんだからな」

選挙はカネとコネで動く。今でも大半の人はそう思っている。だから密談となれば、そこでは協力の見返りに選挙後のポストをちらつかされ、おまけにダメ押しで現金《ゲンナマ》が押しつけられる――。そういう選挙戦にありがちなイメージを、この男は利用したのだ。

「俺が呼んだから、あいつらは興味本位で足を運んできただけだ。で、バカ話をしただけなんだが、利害関係だけの仲間だと波風が立つんだな。裏切ったに違いない、そう思うんだろう。おまけに盗聴してみたら、庭に出て何やら話している。疑惑は膨らむばかりだ」

そんな幼稚なトリックに、大の大人が引っかかったのか。

「しかもうろちょろしてるのが〝伝説〟の当確師だからな。ダルマはどんな汚い手を使ってでも当選させるに違いないという先入観があるから、俺が怪しい動きをすると、つまらぬ想像を膨らませてしまう」

「それにしても、たった三人が寝返っただけで、大劣勢から、安田票の三倍も取るなんて。奇跡ですね」

「それは、勘違いだ。ホントは選挙の四日前に、友田さんが勝っていた。その時は、僅差だったがな」

嘘だろ。集計を手伝ったのは健司自身だ。あの時の数字では、確かに劣勢だった。

「おまえが勘定したのは、俺が操作したデータだ。あの時は、僅差だったんだ。そこで一芝居打ったわけだな」

この男は、人の裏ばかりかいているのか。

「友田さんは、ただ勝つだけでなく圧勝したいと言った。そうでなければ、市政はまた混乱するからだ。だから、もっと強い風を吹かせる必要があったんだ」

運動員らが必死でお願いの電話や、街頭のビラ配りをしている間に、そんなこととは全く関係なしに勝負の駆け引きは進んでいたのか。

俺ら、ただの雑用かよ。

「どうだ、俺の下で働かないか」

この期に及んで、まだからかうのか。

「無職になった僕への同情ですか」

「俺はそんなお人好《ひとよ》しじゃない。バカ正直な男が好きなんだ」

選挙事務所でお祝いしてこいと、関口を下ろした後、聖は助手席に座っている男に声をかけた。

「嶋岡さん、ご感想は？」

関口がいる間は、ずっと前を向いていた嶋岡が振り向いた。

「色々勉強になりました。そして、無礼の数々をお詫びします」

結構。若者は、そういう謙虚さが大事だ。

「俺は誤解されやすいんだ。気にしなくていい。入金を確かめたので、二週間後、高天市にお邪魔して、三人の最終調査を行った上で、候補者を絞り込む。それでいいか」

「どうぞよろしくお願い致します」

既に、調査の中間報告が上がってきていた。

どうやら面白い「戦争」になりそうだという予感があった。

「駅まで送ろうか」

「いえ、ここで失礼します」

嶋岡が車から離れたのを確かめて、運転手の碓氷俊哉《うすいとしや》に言った。

「俊哉、久々に温泉にでも行くか」

碓氷は軽く頷いて、サイドブレーキを解除した。

第二章　驕《おご》る男

高天市長に相応《ふさわ》しい人物アンケート
1位　鏑木次郎　八四・四三％
2位　鏑木瑞穂《みずほ》　一七・一％
3位　蓑田琢磨《みのだたくま》　一・八％
市長選挙まであと三五〇日
【高天新聞調べ】

1

日本では『第九《だいく》』の名で知られているルートヴィヒ・ヴァン・ベートーヴェンの交響曲第九番 ニ短調作品125は、ベートーヴェン最後にして最高の交響曲と言われている。

そして、高天市長、鏑木次郎にとっては己を律し高める応援曲であり、同時に生きる喜びを嚙《か》み締《し》める、まさに「歓喜の歌」だった。

難しい局面にある時や気持ちが沈んだ時でも、フルトヴェングラーが一九五一年バイロイト祝祭劇場で指揮した『第九』を聴けば、すべてを乗り越えられた。

また、酒席で気持ちが高ずれば、自慢のバリトンで「歓喜の歌」を独唱した。

そんな鏑木だからこそ、今日はまさに特別な日だった。

「高天ヴィルヘルム音楽祭」のフィナーレがまもなく始まるのだ。鏑木が市長に就任してすぐにフルトヴェングラーの生地、ドイツ・ベルリン市と姉妹都市提携を結び、それからは毎年行っている恒例イベントだった。

しかもこの日は、鏑木の誕生日でもある。それに因《ちな》んでフィナーレで演奏される『第九』では、鏑木自らがバリトンの独唱者として毎回ステージに立っている。

楽屋での入念なヴォイストレーニングで喉を温め、本番に向けて集中しようとした時、妻の瑞穂が来客を告げた。

瑞穂が名付け親になった少女とその家族が「お誕生日のお祝いに来てくれた」という。だとすれば、会わないわけにはいかない。

少女は、自分の顔が隠れるほどの大きな花束を抱えて楽屋に入ってきた。花束に足が生えてよちよち歩いているようだ。

悪戯心《いたずらごころ》を出して、大声で挨拶すると、びっくりしたのか花束が大きくつんのめった。慌てて少女を抱きかかえるとカサブランカの花粉がシルクのドレスシャツに付着した。

なにをしやがるこのガキが！　と胸の中で悪態をついたが、笑顔は保った。

「おいおいハナちゃん、大丈夫かい」

「大変申し訳ありません！　シャツを汚してしまって。どうしましょう」

少女の母親が青ざめて、花粉が付着した箇所をハンカチで拭《ふ》こうとした。

「そのまま、そのまま。どうせ、ジャケットを着るんだ。それより、素敵な花束をありがとう」

鏑木は秘書に花束を渡すと、べそをかいている少女の頭を撫《な》でた。

「ほら、泣かないで」とあやしたが、逆に少女はさらに激しく泣き始めた。

子どもは恐ろしいな。胸の内を全部見透かされてしまう。だから、俺は子どもが嫌いなんだ。

瑞穂が少女を抱き上げた。

「可愛いお洋服ね。ハナちゃんは、ほんとピンクが似合うわ」

決して子ども好きではないはずだが、妻にあやされるとたいていの子どもは泣き止み、天使のような微笑《ほほえ》みを浮かべる。

「ママが作ったのよ」

華子《はなこ》も例外ではなく、さっきまで泣きじゃくっていたのがウソのような明るい顔になった。

「ハナちゃんのママは、お洋服をつくるのがとてもお上手ね」

「そんなに褒められたら恥ずかしいです、瑞穂さん。さあ華子、ちゃんとおじちゃまにご挨拶しなさい」

母親に促《うなが》されても、少女は瑞穂から離れなかった。

「お誕生日おめでとう、おじちゃま」

「ありがとう、ハナちゃん」

と言って鏑木が頭を撫でようと近づくと、少女は瑞穂の黒のイブニングドレスに顔を埋《うず》めた。

彼女たちが出ていくと、少女の祖父である桜井源治郎《さくらいげんじろう》だけは楽屋に残った。小狡《こずる》そうな顔を愛想笑いで歪《ゆが》め、揉み手をしながら近寄ってきた。

「お騒がせして恐縮です、ぼっちゃん」

桜井は鏑木の養父の下で働いていた男で、土建業を中心に観光産業までを手広く経営している。だがカネにルーズで、そのうえ公共事業の受注で横車《よこぐるま》を押すこともあり、市長就任以降は、適度な距離を置いてつきあっていた。

「あんたも、すっかり好々爺《こうこうや》だな」

「いやあ、孫は可愛くてねえ。我が子とは違う気持ちが湧きますな」

「そりゃあ何よりだ。せいぜい長生きして、お孫さんの面倒を見てくださいよ」

「ところで、ぼっちゃん、折り入ってお願いがございまして」

また無茶な依頼をねじ込む気だな。

楽屋の入口に立っていた私設秘書の岩木《いわき》と目が合った。

つまみ出しますか？

いや、まだ大丈夫だ。

さりげなく岩木とアイコンタクトを交わしてから、鏑木は老人のほうに向き直った。

「噂《うわさ》じゃあ、沼島《ぬましま》に金持ちばかりの高級住宅街を作るそうじゃないですか」

「らしいね」

「造成に当たってはウチが色々とお手伝いできると思うんですが」

「それはありがとう。だが、まだ構想段階に過ぎない。具体的にプロジェクトが動いた時は、連絡するよ」

「そんな水くさい。第一、既に反対派が騒いでいるそうじゃないですか。そういう奴らをあしらうのは、やっぱり身内でないと」

この男は、いつまでそんな旧態依然とした因習にしがみつくつもりだ。

「だとすれば、あんたの身内としてお願いするよ、気詰まりになるような振る舞いは慎《つつし》んで欲しい」

老人から薄ら笑いが消えたが、かまわず鏑木は老人をハグした。

「これから私はあんたの孫が暮らしてよかったというまちづくりを実現する。それを見守っていてくれ。それで充分だ」

耳元でそう囁《ささや》くと、鏑木は老人から離れた。

「コンサートはしっかり聴いてくれよ」

岩木が老人を部屋からつまみ出したので、鏑木はシルクシャツのボタンをはずした。岩木と共に市長室長の塚田《つかだ》が部屋に入ってきた。

「あのジイさんが妙な動きをしないように二人とも注意してくれ。それと塚田さん、沼島の構想については秘密保持をもっと厳格にしてください」

塚田は神妙に頷き部屋を出て行った。

「シャツを着替える。こんな汚れた服では晴れの舞台に出られない」

岩木がスーツケースから予備のシャツを取り出した。

着替えたいのは、少女が持ってきた花束の花粉のせいではなく、あの老人の体と接したからだ。

暴力と横暴が染みついた男の邪《よこしま》な汗が、鏑木には我慢できなかった。

コンサートの進行役が顔を覗《のぞ》かせた。

「市長、本番一〇分前です」

2

鏑木にとって歌唱は、生きる証《あかし》だった。

両親の顔を知らず、キリスト教の教会が運営する養護施設で育った鏑木は、楽しいという感情をほとんど知らないまま育った。鼻っ柱が強いため、虚弱体質なのに施設の年長者からしょっちゅう暴力をふるわれた。そればかりか職員からも目の敵《かたき》にされた。

そんな中で、唯一のよりどころは歌だった。教会には少年合唱団があり、その指導神父に誘われて入団した鏑木は、そこで歌う楽しさを知る。

変声期が訪れるまではボーイソプラノで、ソロをとることもしばしばだった。何より声を発する気持ちよさが、堪《こた》えられない。その快感は、何にも代え難いものだった。

実力を認められ地元で注目された鏑木は、時には、アマチュアオペラにソリストとして招待されたこともあった。

また、歌を通して鏑木は人生の様々なチャンスを手に入れた。

たとえば、高校時代に所属した高天混声合唱団員にたまたま検察官がいたことが、鏑木の将来の進路を決めた。その人物は、検事の権力の強さを教えてくれた。検察官が地元に及ぼす絶大な権勢は、市長を凌《しの》ぐほどだった。

――正義とは、強者のものなんだ、次郎。そして、正義を振りかざすことのできる最強の権力者は、検事だ。何より検事が素晴らしいのは、頭脳一つで誰でも出世できることだ。財産や家柄に関係なく、この世界では高みを目指せる。

自身の誕生日に、市民大ホールで『第九』のコンサートが開催され、自らがバリトンのソリストとして出演できるのも、地元の混声合唱団との縁があってこそだ。

大好きな『第九』を、こんな晴れ舞台で歌えるなんて、何という幸せだろう。
『第九』は教会の少年合唱団にいた頃に、好きになったクラシック音楽だった。市が催した年末の音楽イベントで、ベルリン・フィルによる演奏を聴いたのだ。その力強い音楽に圧倒された。歌詞の意味が分からなくても、この歌こそ「歓喜の歌」だと思った。
すぐに歌の指導教官に頼んで日本語訳を手に入れた。
冒頭から素晴らしい歌詞だった。中でも、
「Froh,wie seine Sonnen fliegen,
Durch des Himmels prächtzgen Plan,
Laufet,Brüder,eure Bahn,
Freudig,wie ein Held zum Siegen.」
の部分に痺《しび》れた。
日本語に訳すと、
〞神の壮麗な計画により
太陽が喜ばしく天空を駆け巡るように
兄弟よ、自らの道を進め
英雄のように喜ばしく勝利を目指せ〟

となる。

強く生きよ——、時空を超えてベートーヴェンからメッセージを受け取ったような心地で、訳を目で追いながら歌を聴くたびに鏑木は泣いた。

以来、辛い時も嬉《うれ》しい時も、鏑木はこの曲を歌って乗り越えてきた。

「市長、お時間です」

前髪を直し、蝶《ちょう》ネクタイを整えると、鏑木はタキシードを羽織った。

舞台では既にオーケストラがスタンバイしている。続いて合唱団が、そして鏑木をはじめ四人のソリストがステージに並んだ。

高天フィルの首席指揮者であり芸術監督も務める奄美光一《あまみこういち》が、はじまりの空虚五度に向けて全神経を集中している。そして、静寂《せいじゃく》——。

弦楽器とホルンによって幕を開ける第一楽章は、ダイナミックな展開で聴衆を惹《ひ》き込《こ》む。

鏑木はじっと目を閉じ、ベートーヴェンの気迫を全身で感じた。

最も敬愛する調べに身を委ねていたら、瞬く間に出番となった。鏑木は立ち上がる。

指揮者のタクトだけを見つめ、鏑木は堂々たる第一声を発した。

「O Fruende,（おお、友よ）

nicht diese Töne!（このような音ではない）」

バリトンの独唱だけが会場に響き渡る。そして、彼の呼びかけにバイオリンが反応する。
「Sondern laßt uns angenehmere（もっと心地よい）
anstimmen,und freudenvollere.（もっと歓喜に満ち溢れる歌を歌おうではないか）」
今日は声がよく伸びる。その快感を楽しみながら背後に控える合唱団に呼びかけた。
「Freude,（歓喜よ）」
「Freude,」
コーラスが地鳴りのように返ってくる。
「schöner Götterfunken,（神々の麗しき霊感よ）
Tochter aus Elysium!（天上の楽園の乙女よ）
Wir betreten feuertrunken,（我々は火のように酔いしれて）
Himmlische,dein Heiligtum!（崇高な汝の聖所に入る）」
我を忘れて楽曲に集中した。四人のソリストのアンサンブルと大合唱団の熱唱、大ホールはまさに歓喜の坩堝《るつぼ》と化した。
そして、最も気に入っているフレーズのために鏑木は深く息を吸い込んだ。この歌詞を口にするたび、体に電気が走る。
「Ihr stürzt nieder,Millionen?（諸人《もろびと》よ、ひざまずいたか）

Ahnest du den Schöpfer, Welt?（世界よ、創造主を予感するか）」
それは私だ――。
やがて、最後のクライマックスを迎え、全てが終わった。
ホール全体を揺るがすほどの喝采が轟いた。

3

小早川選《こばやかわすぐる》は隣の姉に気づかれぬよう、ハンカチで頰《ほお》を拭《ぬぐ》った。

なぜだか分からないが、この曲を聴くと必ず涙腺がゆるむ。歓喜の歌だからではない。むしろ絶望の淵《ふち》から必死で這《は》い上《あ》がろうとする人間の情熱がほとばしっているように思えて、その凄《すさ》まじさに胸苦しくなるのだ。そしてフィナーレでは必ず泣いてしまう。

『第九』を作曲した当時、ベートーヴェンは既に聴力を失っていた。にもかかわらず、最長にして最高の交響楽を創り上げたのだ。その超人的な才能と、第四楽章を彩る詩人シラーの詩「歓喜に寄せて」に込めた彼の想い。そこに自分とは違う力強い生命力を感じ、コンプレックスを刺激されるのだ。

「Was die Mode streng geteilt,（時流が強く切り離したものを）

Alle Menschen werden Brüder,（すべての人々は兄弟となる）」

ここの部分で、ベートーヴェンは、シラーの原詩を改変している。元々は、「Was der Mode Schwert geteilt; Bettler werden Fürstenbrüder,（時流の刀が切り離したものを、貧しき者らは王侯の兄弟となる）」だった。この改変に、畢生《ひっせい》の大作に込めた偉大なる作曲家の強い意志が窺《うかが》える。絆《きずな》を貧富で語るのではなく、全人類が兄弟になってこそ喜びなのだ、と。

それに、今日の演奏会は特別だった。選が支援する耳の聞こえない人たちの音楽サークル「SOS（Sound of Silence）」のメンバー二〇人も参加している。実際に声を出して歌っている者もいるが、全員が一生懸命ドイツ語手話を覚えて、手で歌を奏《かな》でている。

彼らのその表情を見ているだけでも泣けてくる。

やがて胸を衝き動かされるようなフィナーレを迎えた。

隣に座っていた女性が立ち上がった。社会活動家の黒松幸《くろまつさち》子《こ》だった。彼女は心から感動したように惜しみない拍手を送っている。

彼女に釣られるように選も立ち上がって拍手していると、手話で話しかけられた。彼女も耳が不自由なのだ。

〝小早川さんのお陰で、SOSの会のみんなが本当に貴重な体験をさせてもらって感謝します！〟

しなやかな長い指が興奮気味に動く。

「いや、礼を言うなら、姉に言ってください。合唱団を口説いてくれたのは、姉ですから」

選は手話を返しながら、姉に聞こえるように声を出した。

幸子が姉の二の腕に触れて、礼を言った。

〝瑞穂、本当にありがとう。こんなに感動したの久しぶりよ〟

「ＳＯＳの皆さんが参加してくれたのが、私には一番嬉しかったわ。彼らは今夜、初めて合唱の歓びを体験したと思う。天国のベートーヴェンも喜んでくれているわ」

姉は、幸子をまっすぐに見て言った。姉のおぼつかない手話より幸子の読唇術のほうが優れているとかで、姉はいつも相手が健常者であるかのように会話する。

二人は一四歳の時から続く大親友だ。学校は別だったが、暇さえあればいつも一緒に過ごしていた。一見すると互いに正反対のタイプなのに、よほどウマが合うのか今でも会えば少女のように盛り上がっている。

幸子の隣に座っていた紳士が、姉に握手を求めた。高天大で政治学を教えている蓑田《みのだ》琢磨《たくま》教授だった。噂では来年秋の市長選挙に出馬するのではないかと目されている話題の人だ。

姉と蓑田が話し込んでいたので、幸子は〝先に楽屋に行っている〟と手話で告げて、姉から離れた。

蓑田との会話を済ませると、姉は選に向かって目で合図した。楽屋に向かうと言っている。

会場内を移動する間も、何人もの市の有力者たちが、姉に近づいて讃辞を口にした。

「やあ、素晴らしかった。今年は格別だ」

市に本店を置く銀行の会長は、毎年同じ褒め言葉を口にする。

それでも姉は、「そうでしょう！　私もそう思います」と心から嬉しそうに応える。並はずれた美貌が笑顔になると神々《こうごう》しいほど眩《まぶ》しい。

高天市有数の財閥グループを実質的に率いる姉は、「高天ヴィルヘルム音楽祭」の事務局長も務めている。彼女は小早川財閥の威光をバックに、市内の財界政界、そして市民から資金を募り、毎回大成功を収めている。

楽屋に続く通用口に行くと、ここでもまた大勢の関係者が姉に群がった。

義兄の楽屋も人だらけだった。だが、姉が「皆さん、ごめんなさい。ちょっと通して」と口にすると、すぐに人の群れが割れた。

「素晴らしかったわ、あなた」

「ありがとう。これも、君の尽力の賜物《たまもの》だよ」

義兄は満面の笑みで、姉を抱きしめた。

「ステージに立つたびに、うまくなるわね。市長を辞めても、プロとして食べていけるわ」

姉の冗談に、二人の取り巻きたちは大ゲサなほど笑った。

「では、その時は是非、高天フィルに雇ってもらわないとな」

そこで姉が選の手を取り、前に押し出した。

いきなり義兄の前に立たされて、選はたじろいだ。鏑木と対面すると必ず選は緊張する。

「お誕生日おめでとうございます。素晴らしいコンサートでした。そしてSOSが参加できるようお力添えをいただき感謝しています」

「ありがとう。それで選君、先日お願いしていた件について、考えてくれたかい？」

市長が若い世代と市政を考えるプロジェクトを始めるのだが、その座長になって欲しいと頼まれていた。

「いえ、それは僕では荷が勝ちすぎです。謹《つつし》んで辞退します」

「そんなつれないことを言わずに。それに一度ゆっくり話す時間を作って欲しい。結論はそれからということで」

そんな必要はない。義兄の政治活動には、どんなことでも協力したくないのだと言おうとしたら、さりげなく姉が割り込んできた。

「みなさん、記念写真を撮りましょうよ」

市長と姉を真ん中に、大勢がカメラの前に集まると、カメラマンが飛んできた。

姉に促されてその輪に入った時、ズボンのポケットの中でスマートフォンが振動した。それを取ろうと俯いた瞬間、ストロボが光った。

4

壮大な交響楽だが、聖の耳にはほとんど入ってこなかった。二列前に並んでいる〝候補者たち〟の観察に集中していたからだ。もっとも三人が並んで座っているおかげで大して手間ではない。

平成市長選挙を終えた頃には、「身体検査」と呼ばれる詳細な調査データが上がってきた。それをチェックして、聖は候補を二人に絞っていた。

それ以上の収穫は、この日の主役、鏑木次郎を久々に目にしたことだ。

初めて選挙に出馬した時の鏑木はもっと粗野な印象だった。出身が検察官だとすぐに連想できるほど、目つきも悪く暴力的な威圧感があった。そんな恐ろしさはすっかり失せて、絵に描いたようにダンディで紳士然としている。鏑木は超がつく「上玉《じょうだま》」で、聖がコンサルにつかなくても余裕で告示前に当確を打たれるだろう。

こいつは手強《てごわ》い。ということは、ますます面白くなるということだ。

熱狂的なフィナーレを迎えた直後、聖は迷わずスタンディング・オベーションで、出演者を称《たた》えた。

「ブラヴォー！」

周囲に釣られて、運転手の関口健司が一人前に叫んでいる。

「生まれて初めて聴きましたけど、めっちゃくっちゃ感動しました」

関口は頬を紅潮させている。鏑木はまた一人ファンを増やしたというわけだ。

「小僧、行くぞ！」

「聖さん、メシ行くんなら、出口はそっちじゃないっすよ」

「楽屋に行くんだ、バカ」

人の流れに逆行しながら、聖は正装している男女グループに追いつき、彼らの連れであるかのように並んでいる。

先頭を歩く白髪の老紳士が「ちょっと市長にご挨拶をね」と関係者用の入口で告げると、スタッフはすぐに通してくれた。聖に追いついた関口が、「何の用なんです？」とバカな質問をしたのは無視した。

「それにしても市長のバリトンは噂以上の迫力でしたな」

聖は親しげに老紳士に話しかけた。

「まったく、たいしたもんだ」

「やっぱりパヴァロッティを目指しているんですかね」

聖が唯一知っているオペラ歌手の名だ。

「あら、次郎ちゃんは、ドミンゴ・ファンって言ってたわよ」

露出の多いイブニングドレスで若作りしている婦人が、すかさず訂正した。

「なるほどね。言われてみると、そんな雰囲気もありますね」

「今日は特に、彼に似せた髪型にしていたわね」

自分を憧れの誰かに擬するというのは、自己顕示欲の強さと劣等感の表れだった。鏑木が初出馬の時に垣間見《かいまみ》せた、神経質で被害妄想的な一面の名残《なごり》か。

「それにしても、市長が舞台に立つとなると、周囲の気の遣いようも大変だったでしょうね」

噂好きのふりをして、探りを入れてみた。

「そりゃあそうさ。指揮の奄美君なんて、稽古《けいこ》するだけで疲れたって言ってたからねえ」

「それでもあれだけ歌えるんだったら、許してあげないと」

既に楽屋前の廊下にぎっしり人が並んでいる。聖は何気ない様子で出入りする客たちの顔を観察した。

特に楽屋から出て来る時の表情が見ものだ。愛想笑いして入ったくせに、仏頂面で出て来る者もいる。その人数が多ければ、実際は鏑木は嫌われているということになる。

だが、思ったほど渋面の者はいなかった。皆、それなりに楽しげに部屋を出て来る。

世間の評判通り、鏑木次郎は人気者ということか……。

老紳士らと一緒に楽屋に入ると、陣中見舞いの客でごった返している。

誰もが興奮の面持ちで鏑木市長の熱唱を称えている。

間近で見る市長は、ステージの上にいた時よりもさらに貫禄があった。タキシードがよく似合うし、首筋や上半身にたるみもない。

年齢は聖と同じ五一歳のはずだが、明らかに奴のほうが若く見える。

そのうえ、夫人が美しい。鏑木が市長選挙に初出馬する直前に結婚した瑞穂は、ショートカットが似合う小顔と日本人離れした目鼻立ちで、完璧な美人と言えた。

聖の視線に気づいたのか、一瞬だけ瑞穂と目が合ってしまった。聖が慌てて会釈すると、彼女も返してきた。それがいけなかった。市長が妻の視線に気づいてしまったのだ。

「これはこれは、珍客の登場だな。聖さん、ご無沙汰しています」

聖は腹を括《くく》って、市長に挨拶した。

「こちらこそ、すっかりご無沙汰してしまいまして。それにしても、鏑木さんにこんな素晴らしい才能がおありになるとは。感服しました」

夫人が「どなた」と囁くのが聞こえた。

聖はすかさず名刺を差し出した。

「当確師、聖達磨と申します。ご主人とは、初出馬の際に、少しの期間ご一緒させて戴いたことがあります」

「当確師？　何をなさるんですか」

「当選確実請負人というのが、正式な名称でしたっけね。つまり、選挙コンサルだよ。僕が初めて出馬する際にアドバイスをしてもらっていたんだけれど、結局意見が合わなくてね。それにしても、いまだにこの肩書きを使ってるとは。よほどお気に入りなんですな」

「主人の初出馬の際の選挙コンサルをされていたのであれば、なぜ私がお会いしていないのでしょう」

「それは、彼が三日しか私のそばにいなかったからだよ」

検察資料まで堂々と引っ張り出して現職市長の悪辣《あくらつ》さを怪文書で流す、あんたのやり方に嫌気がさしたんだよ、市長。

「そう……。では、改めまして、鏑木瑞穂です。東京からわざわざ第九演奏会にお越し戴きありがとうございました。お楽しみ戴けましたか」

「たっぷりと。私はロックしか聴かない男ですが、今日からはベートーヴェンをロックの神様だと思うことにします」

「相変わらず口の減らない男だな。ところで一体何の用かね？　来年の選挙の営業ならお断りするよ。私にあなたは必要ない」

「それはお互い様です。本日、お邪魔したのは、次期選挙では必ずやあなたを打ちのめしてご覧に入れるというご挨拶ですよ、市長」

その瞬間、楽屋内のざわめきが消えた。

5

約束した時刻の一五分前には、選は中央市民病院に到着していた。手話通訳者として耳の聞こえない人の受診をサポートするためだ。選は、海外放浪中につきあっていた女性の一人が聾者《ろうしゃ》だったこともあり、アメリカ手話（ASL＝American Sign Language）が使えた。そこで、慢性の人手不足だという日本の手話を猛勉強し、手話通訳士の資格を取得したのだ。

東京大学で社会学を専攻し修士に進んだ直後、選はバックパッカーになり、世界各地を放浪した。裕福な家庭で安閑と暮らしていた自分は〝貧困や福祉〟というものを知識としてしか理解していないと気づいたからだ。

四年近く放浪し続けた挙げ句に、単なる甘ったれたぼっちゃんだと自覚するだけに終わった。ならば世間知らずの未熟者なりのやり方で、人の役に立とうと考えたのだ。

帰国した選は貧困問題を考えるＮＰＯ法人なかまネットを立ち上げ、社会的弱者を支援していた。日常のちょっとした困り事なども頼まれれば手助けする、いわゆる〝何でも屋〟だ。周囲からは、金持ちの道楽だと陰口を叩かれたが、案外こういう活動は性に合っているようだ。

組織運営の経験もないのに、なんとか続けられているのは父、至《いたる》に対する反発も大きいように思う。旅から戻るなり、姉に小早川グループの持ち株会社の会長室に連れて行かれ、会長である父と二人がかりで就職するように求められた。

だが、選にはその気が全くなかった。グループは、実質的に姉が束ねている。この期に及んで、姉を押しのけて実業家になるつもりはなかった。

「私は選君と一緒に働きたい」と姉に懇願されたが、それでも気持ちは変わらなかった。

思い通りにならない息子がよほど許せなかったらしく、父からはその場で勘当を言い渡された。

生活には困らなかった。贅沢《ぜいたく》をしなければ暮らせるだけの遺産を、亡き母が遺してくれたおかげだ。

後ろから肩を叩かれて、選は振り向いた。革ジャンにマフラーを巻いた男性が立っている。

〝小早川さんかい〟

手話で尋ねられたので頷くと、〝斎藤《さいとう》です〟と名乗った。今日の依頼者の斎藤泰造《たいぞう》氏だ。七五歳の彼は生まれながらに耳が聞こえない、いわゆる聾者だ。声は出せるが発話が難しいので日本手話で意思の疎通をはかっている。

〝今日は、中央市民病院の内分泌科の外来で通訳をするようにと言われていますが、それで大丈夫ですか〟

選は、相手の目を見ながら手話で尋ねた。

〝その通り。小早川さんは、きれいな手をしているね。しかも、手の動きがわかりやすいので助かります〟

〝ありがとうございます。分かりにくければ、いつでもおっしゃってください〟

日本では手話は二種あると言われている。

日本語対応手話と呼ばれるものと、主に聾者同士で交わされる日本手話だ。日本語対応手話は日本語の文法に則《のっと》っているが、日本手話は日本語と異なる文法があり、一つの動作で多くの意味を相手に伝えられる。例えば、〝あなたは手話がじょうずですね〟というのは、日本語対応手話だと六語必要になるが、日本手話では三つの動作（単語数）で伝わる。もっとも、耳の聞こえない人の多くは、両方を併用して使う。

近年、耳の聞こえない人による「文化宣言」の影響で、手話言語の考え方にも変化があった。聾文化という言葉とともに、日本手話という独自の言語を扱う聾者であることにこだわる人も出て来たのだ。彼らは、徹底して日本手話のみを使う。

選も過去に何度か、聾文化のシンポジウムの通訳を務めたが、聾文化を訴える参加者の自負は大変なものだった。

外来の待合室は大勢の患者でごった返していたが、斎藤は待つのに慣れているらしい。手際よく手続きを済ませると、内分泌科の待ち合わせフロアの最後部に陣取った。

〝今日は、検査結果を聞くんですよね〟

〝そう。この間、血液検査とか腫瘍マーカーってのをやったんだ。その結果を今日は聞くんだ〟

斎藤は糖尿病で通院しているが、近ごろは血圧上昇が心配らしい。

〝それと、薬を替えたいんだ。それを先生にお願いしてもらいたい〟

前回、長らく飲んでいる薬とは別のものが処方されたらしい。

〝元の薬に戻して欲しいんだ〟

〝なぜ、替わったんですか〟

〝よくは知らない。効き目は同じだと言うんだが、安い薬を掴ませやがった。ちっとも効かないんだ〟

先日行われた国の事業仕分けで、生活保護受給者や年金生活者には、ジェネリック医薬品を優先的に使用せよという指導があった。それを、高天市も、経費削減として導入したに違いない。

だとすると、変更は難しいかもしれない。それでも通訳としては、斎藤の希望を伝えるしかない。

〝了解しました〟と返すと、斎藤は革ジャンのポケットから競馬新聞を取り出した。

世間話が得意でない選はホッとして、斎藤の要望を手帳にメモした。メモ帳から一枚の名刺が落ちた。

『**当確師　聖達磨**』とある。

そうだ、昨日、義兄の楽屋で物議を醸《かも》した不審な男が、楽屋前の廊下でいきなり選に名刺を差し出してきたのだ。

――小早川選さんですね。実は、折り入ってお話ししたいことがあります。明日、三〇分でいいのでお時間を戴けませんか。

何の用かと尋ねたのだが、聖は「それはお会いした時に、お話しします」と言っただけで

他に説明はなかった。

午後三時からなら一時間ほど、選が主宰するNPO法人の事務局で話ができると返してい

た。

それにしても、大胆な男だった。まだ、三期目の出馬表明もしていない義兄を捉まえて、

「次期選挙では必ずやあなたを打ちのめしてご覧に入れる」と言い放つなんて。

そんな男が一体何の用だろう。

「斎藤泰造さん、中待合にどうぞ」というアナウンスがあった。選は代わりに返事してから、

斎藤に軽く触れて合図した。

斎藤は赤鉛筆で数字を書き込んだ新聞をしまい込むと、勢いよく立ち上がった。

〝あんたは競馬をしないのか〟

市には、公営地方競馬場がある。

〝しません。あんまりギャンブルが得意じゃないんです〟

〝あんなもの、得意な奴なんていないよ。まぁ、俺みたいに博打で身を持ち崩すよりはいい

よ〟と斎藤が顔をしかめた。

ギャンブルの話題で弾みがついたのか、中待合で待っている間、斎藤はずっと手話でしゃべり続けた。

家が地主だった斎藤は、不動産業を営んでいたのだが、バブル崩壊で大きな借金を抱えた。ずっと独身だが、女には不自由をしなかったと話した時は、自慢げな顔をした。

〝けど、金の切れ目が縁の切れ目だな。結局、誰も俺のところに寄りつかなくなったと思ったら、糖尿病が悪化してね〟

もう少しで手遅れになって失明しかけた、らしい。だが、彼には荒《すさ》んだところがない。ハンデこそ多いが、選よりもはるかにバイタリティがある。

〝人生一回きりだろ。だから、前向きにいかないとな〟

そこで、診察室に呼ばれた。

若い神経質そうな医師が、選のほうを見ようともせずに「今日は何ですか」と切り出した。

「すみません、私が手話通訳します。斎藤さんの検査結果を教えてください」

それでようやく医師は、こちらを向いた。

「あっそ。ええと、検査の結果ね」

そこで斎藤に肩を叩かれた。彼は顔をしかめている。

〝いつもの先生じゃないんだけど〟

「失礼ですが、先生が代わられたんでしょうか」

「ええ、前の先生は辞めたんです。それで、私が当分ピンチヒッターです」

斎藤に伝えると、〝前の先生はどこに行ったんだい〟と聞いてきた。

「お辞めになった先生は、どちらに移られたんですか」

「何で、そんなことを、あなたに話さなきゃいけないの」

「私ではなく、斎藤さんが尋ねておられます」

医師は露骨に面倒臭そうな態度でため息を漏らした。

「そういうのは事務にでもお尋ねください。それより、検査結果ですが、胃ガンの疑いがあるので、手術する必要があるかもしれません」

選は驚いて医師を見つめてしまった。命にかかわるかもしれない病を、この医師は単なる食あたりとでも言うように口にした。

「あの今、胃ガンだとおっしゃいましたか」

「ええ。とにかく紹介状を書きますので、大学病院に行ってもらえますか」

「いや、ちょっと待ってください。もう少し、言い方があるでしょう」

「せっかくあなたが通訳されるんだから、上手に優しく伝えてくださいよ」

また、斎藤に肩を叩かれた。

〝おい、いったいどうなってるんだ。何を揉めてる？　俺は前の先生がいいんだ。先生はどこに行ったんだ〟

〝それが、言えないと言うんです〟

いきなり、斎藤が医師に近づいて肩をこづいた。そして、「石田《いしだ》先生は、どこに行ったんだ」と怒鳴った。聾者の口話《こうわ》を聞き慣れている選には聞き取れたが、医師には無理そうだった。どうしても言葉の区切りが分かりにくくなる。

「なに言ってるの？　ちょっと、通訳さん、何だって」

「石田先生は、どこに行ったのかと」

「だから、それは言えないって。それより、診断結果をちゃんと伝えてくださいよ。とにかく一刻も早く大学病院、行ってください」

それきり、医師はパソコンに向かってキーボードを叩き始めた。

〝小早川さん、こいつはなんて言ってやがるんだ〟

苛々している斎藤をなだめて、選はゆっくりと通訳した。

〝落ち着いて聞いてください。検査の結果、胃ガンの疑いがあるそうです〟

手話では表情も大切な伝達ツールになる。表情の変化で、話者の心情など細やかな表現を伝えるのだが、選は今、どういう表情をすれば良いのか分からなかった。迷った末に無表情で手話だけでストレートに伝えた。じっとこちらを見つめている斎藤の顔が泣きそうに崩れた。

〝ガンだって〟

ここで視線を逸らすわけにはいかない。

〝そうです。まだ、決定的ではないですが、一刻も早く、精密検査をしたほうがいいと〟

〝そんな……〟

斎藤がうなだれてしまった。

「そもそも石田先生から先々週に来るように言われたのに、この人は来てないんだよな」

背後で、医師の呟《つぶや》きが聞こえた。

「どういうことです」

斎藤のほうを向いたまま医師に聞き返した。

「検査結果は、先々週に出てるんだ。でも、この人は、その時の診察をキャンセルしている。その翌週だからね、先生が辞めたのは」

今さら、そんな話をしてもしょうがない。がっくりと肩を落として俯いてしまった斎藤をいたわるようにコミュニケーションを図った。

〝ここでは検査もできないので、大学病院に行くようにと言っています。今、紹介状を書いてくれています〟

〝俺は死ぬのか〟

〝まだ、決まったわけじゃありません。とにかく、この医者はちょっと酷《ひど》いです。ひとまず大学病院に行きましょう〟

斎藤は目を閉じて首を左右に振ったきりうなだれている。

背後でプリンターの作動する音がした。

「じゃあ、これを大学病院に持って行って。お大事に」

「ちょっと、先生！」

思わず声を張り上げてしまった。周囲の看護師たちの動きが止まった。

「失礼しました。一つだけ教えてください。検査の結果、手術が必要となれば、すぐに対応してくれるんでしょうか」

「それは、分かりません。まあ、胃ガン手術ができる病院は、市内に三つしかないからね。特に大学病院は、ある程度は待たされるかもね」

「じゃあ、あと、二通紹介状を書いてください」

大学病院がダメだった時のために、もらっておくに限る。

「それは、できない。そもそも、あなた通訳なんだろう。この人は、そんなお願いをしてないでしょう。勝手なこと言わないで、早く出て行ってくれないか。まだ、大勢患者さんが待っているんだ」

選は暫《しばら》く粘ったが、埒《らち》が明かなかった。仕方なく斎藤を促して、診察室を出た。受付でデータを受け取ると、長椅子に力なく座っている斎藤の前にしゃがんだ。

〝斎藤さん、帰りましょう〟

だが、うなだれている斎藤には選の手話が見えない。選は彼の両肩を揺さぶった。そして、両手に拳をつくって胸の前で力強く振った。〝頑張って〟という意味だ。

〝なんでだよ。俺、手術とか嫌だよ。だって、俺はこんなに元気なんだ〟

〝ちょっとここで待っていてください。いいですか〟

そう断ると、選は近くにあった公衆電話で、自分が代表を務めるＮＰＯ事務局に連絡を入れた。

〈はい、なかまネット、安土《あづち》です〉

「おはよう、小早川です。井端《いばた》さんは、今日は来ている？」

〈ああ、選さん。お疲れ様です。ええ、いらっしゃってます。代わります〉

井端みずきは、医療関係に詳しいソーシャルワーカーだった。相手が出ると、選は斎藤の事情を説明した。これ以上は、通訳者ではなく、専門家が対応したほうが早い。

〈酷い話ですね。その若い医者の対応について、中央市民病院に抗議しておきます〉

「そうですね。悪気はないのかもしれないけど、あれじゃあ、患者がかわいそうです」

電話を切ると、今度は手話通訳派遣センターのコーディネーターの高津《たかつ》に連絡を入れた。

急ぎ連絡が欲しいというメールがあったからだ。待ちかねたように「明日一〇時から一件お願いできますか」と尋ねられた。

「明日のスケジュールが分からないんだけれど」

〈さっき、なかまネットの安士さんにお尋ねしました。明日は、特に予定はないとのことですので、ぜひお願いします。どうしても選さんに通訳して欲しいと、先方が強くお望みなんです〉

「どなたのご指名なの？」

〈黒松幸子さん、「さっちゃんち」の代表をされている方ですよね〉

6

通称「さっちゃんち」と呼ばれているＮＰＯは、高天市の旧市街が残る霧笛町《むてきまち》に拠点がある。かつては料亭や置屋、待合などが建ち並ぶ歓楽街だったこともあり、今も尚《なお》、一階が紅殻格子《べんがらごうし》のままの古い木造の建物もある。

「さっちゃんち」も、元は「霧笛楼《むてきろう》」という地域屈指の料亭だったが、今では市民の駆け込み寺になっている。主宰者は、建物の所有者でもある黒松幸子で、打倒鏑木次郎の候補者リストに挙げられた一人だった。

特に裕福なわけではないが、相互扶助の場があれば何とかなるという考え方で、運営費には母の遺産を提供している。

カーナビが目的地周辺と告げたところで、聖は「ワンブロックぐらい離れた駐車場を探せ」とハンドルを握る関口に告げた。

幸子との面会は明日だが、ひとまず活動する様子を見ておきたかった。

黒松幸子は面白い経歴の女性だった。

高天市の出身で、母の紫乃《しの》は霧笛町で指折りの売れっ子芸者だった。父は「不詳」とあるが、聖らが調べたところ与党民自党で幹事長、副総理を歴任した大物政治家、橋爪正義《はしづめまさよし》だと判明した。

青年実業家として名を馳《は》せた後、政界入りした橋爪だが、実家が鎌倉で老舗《しにせ》旅館を経営していた関係で、三味線や長唄もたしなんだという。若い頃から花街遊びが好きで、高天の霧笛町にもよく通っていた。やがて橋爪は当時ピカイチの売れっ子芸者紫乃に入れあげ、ついには落籍《ひか》せたらしい。

紫乃が日本舞踊の名手だったので、橋爪は奮発して稽古場付きの料亭を贈っている。

それほど紫乃を大切にしながら結局、幸子を認知しなかった。本妻に気を遣ったというよりは、紫乃が固辞したのが理由のようだ。

橋爪は、幸子を嫡出子《ちゃくしゅつし》以上に可愛いがった。美しい子どもだったこともあるが、幸子が一歳の時に肺炎による高熱で、聴力を失ったことが橋爪を溺愛に走らせた。幼稚園から高校まで、地元一のお嬢様学校に通えたのも、橋爪の財力の賜物だった。

もっとも紫乃は商才もあったようで、橋爪から与えられた料亭の女将として辣腕《らつわん》を振るった。やがて、「霧笛楼」は、高天随一の料亭として大繁盛した。

一方、娘は耳の不自由さなどものともせず、運動神経の良さと愛嬌で、学校でも人気者だったようだ。

転機が訪れたのは、高校三年生の時だ。母の反対を押し切って、幸子は高校の交換留学制度を利用してアメリカに留学する。そして、交換留学生期間の終了後も日本に戻らなかった。夢だったバレエダンサーへの道を模索したようだ。結局、糸口を見つけられず今度は、アメリカの大学受験資格を得てコロンビア大学で政治学を学び博士号を取得した。専攻は政治哲学で、卒業論文は「共同体主義《コミユニタリアニズム》の限界」だというから凄い。

コミュニタリアニズムとは、日本でも人気のハーバード大教授マイケル・サンデルが主唱する考え方であり、共同善という発想で、自由主義や資本主義の暴走に一定のブレーキをかけようというものだ。

人間の欲望の深層に目は向けているものの、人間の良心を土台にする主義なぞ、聖から見れば政治の世界には馴染《なじ》まないものだ。論文を流し読みした程度だが、幸子もそのあたりを研究テーマにしたようだ。

彼女の父親である故橋爪代議士は、政治家の中では珍しい政治における良心の重要性を強く訴えた理想家で、サンデルの考えにも近い。彼女は、その父親の発想を批判したことになる。

それが、アメリカで政治学を学んだ理由なのだろうか。それで、聖はますます幸子に興味を持った。

橋爪代議士が亡くなったのは六年前で、橋爪が生前、アメリカまで娘に会いに行ったかどうかまでは確認できていない。ただ、亡くなる一年ほど前から、橋爪がボストンに滞在していたという記録があるので、その期間に会っている可能性はあった。老いた父に、幸子は自らの研究成果をぶつけたのだろうか。

ちなみに幸子は大学在学中に結婚している。相手の名は、黒松純司《じゅんじ》。ニューヨークを拠点に貧困問題やアメリカ社会の実態を丁寧に取材するジャーナリストで、日本でも数冊ノンフィクションが刊行されている。だが三年前に、スラム街の取材中に、強盗に遭遇し銃で撃たれて死亡。幸子はそれを機に帰国を決めた。つまり高校三年で渡米してから一五年間はアメリカで暮らしていたわけだ。

帰国後は料亭は廃業した実家の「霧笛楼」で六歳になる男児と暮らしている。そして母親が昨年亡くなったのを機に、「霧笛楼」を拠点に市民相談のＮＰＯを始めた――。

「さっちゃんち」というのは、通称で、ＮＰＯ法人の正式名称は、「ＭＵＴＥＫＩ」だった。法人の趣意書によると、「霧笛楼」に因んだという理由の他に、「市民は無敵なのだ」という意味を兼ねたとある。

しかし、相談にくる人たちは、「さっちゃんち」と呼ぶ者が多く、遂に看板は「さっちゃんち」にしたという。

「争わず、闘わず、常に胸襟《きょうきん》を開いてもらうまで語り続ける」を方針とする彼らの活動は、低所得者の支援活動だ。弁護士数人、ソーシャルワークのベテラン、さらには学生や主婦のボランティアグループが出入りし、低所得者やシングルマザーやファザー、さらには障害者まで様々な相談に乗っている。

聖はあらためて幸子の顔写真をじっくり見つめた。

美人ではない。だが、魅力的な女性だった。一重だが切れ長の大きな目が特徴だ。政治的な活動をしている人には、独特の雰囲気があるものだ。全身に好戦的なムードが漂っているし、暑苦しいまでの虚勢をむき出しにして他人を寄せ付けないオーラがある。だが、幸子の笑顔は隙だらけだ。そのあっけらかんとした雰囲気に誰もが親近感を覚えるのかも知れない。

「小僧、行くぞ。あそこにはうまいコーヒーを飲ませるカフェもあるそうだ」

関口が黙ってエンジンを切った。

7

「おはようございます」

派手な黄色のスーツと一〇メートル離れていても匂う香水の香りを漂わせて、選挙コンサルタントの三枝操《さえぐさみさお》が市長室に現れた。

「君の元夫が、昨夜の『第九』のコンサートに紛れ込んでいたぞ」

鏑木は彼女がドアを閉めるなり言った。

「彼が、ベートーヴェンのコンサートを聴いたんですか。珍しい」

聖達磨と三枝は、一〇年前まで夫婦だった。

「呑気なことを言うな。終演後、私の楽屋に図々しく入り込んできた挙げ句に、次の市長選挙で私を倒すからよろしくとぬかしやがった」

三枝はソファに腰を下ろして、見せつけるように足を組んだ。

「はったりですよ。そんな噂が私の耳に入ってこないなんてありえませんから」

「君らは今でも密に連絡を取り合っているのかね」

「私じゃありません。娘です。聖は、娘にだけは甘いので、何でもしゃべってしまうんです。三日ほど前にも、娘は父親と会ってますが、そんな話題は出なかった。つまり聖お得意の出まかせですね」

その程度の情報では信用ならなかった。

「いずれにしても目障《めざわ》りな男にうろついて欲しくない」

三枝は顔をしかめて肩をすくめた。イエスともノーともとれる。

「いいな」

「了解しました。それで次期市長選の出馬予想ですが、リストをご覧になりましたか」

「ああ、見た。有力候補は蓑田くらいか」

「有力というほどの力はありませんけれどね」

「聖が、あのバカ教授についたとしたら、どうなる?」

「どうもなりませんよ。それに、聖は蓑田教授にはつきませんね」

この女は優秀ではあるが、何を言うにもいちいち高飛車《たかびしや》なのが玉に瑕《きず》だ。

「断言できる根拠でもあるのか」

「彼は、聖が依頼を引き受ける時の必須条件を満たしてない」

「なんだね、それは?」

「人間力です。簡単に言うと、志や人を説得して自らの考えを伝える情熱、そして行動力です」

なるほど、確かにそれは選挙では重要な要素だ。

「つまり、バカ教授は私の敵ではないんだな」

「報告書にもそう書いたはずですよ。蓑田教授は、浮動票狙いというのがマスコミの見立てですが、浮動票だけで政令指定都市の市長選挙で勝てるというのは、ファンタジーです」

三枝の見立ては正しい。組織票を積み上げて初めて、浮動票は効力を発揮するものだ。

「蓑田のバックにいるのは、前市長とその残党、さらにはこの七年間の鏑木市政の間に痛めつけられた敗残者《ルーザー》ばかりです。言い換えれば烏合《うごう》の衆です。恐るるに足りません」

「いや、そういう連中こそ、要警戒だ。恨みほどいつまでもくすぶり続ける感情はない」

三枝が指を鳴らした。何かというと得意気に指を鳴らす女なのだ。

「抜かりはありません。ウチのスタッフの一人を、今泉《いまいずみ》前市長の研究所にアルバイトとして潜り込ませています」

今泉は昨年、出所している。そして厚顔無恥なことに政界復帰を目論んで今泉地域再生研究所なるものを立ち上げた。そこに、スパイを送り込んだのか。

「今泉は資金集めに苦労しているようです。それ以上に、人集めが進んでいない。禊《みそぎ》選挙として出馬しようと狙っていた市長選を断念したのも、それが理由です。そして代わりに蓑田支援を決めた」

今泉を贈収賄や背任容疑で刑務所に追いやった後、今泉と繋《つな》がりが深かった業者や個人、さらには組織を鏑木はすべて取り込んだ。彼らは皆、自分もまた刑務所行きかもしれないと恐れていた。さらに、市との太いパイプを絶たれて苦慮していた。そこに鏑木は笑顔で手をさしのべたのだ。

その甲斐あって、今泉が出所しても、かつての取り巻きはほとんど近づこうとしない。

「蓑田が、今泉の傀儡《かいらい》だという証拠はあるのか」

「ようやく証拠物件を手に入れました」

三枝はそう言って、一枚の写真を差し出した。どこかのクラブで隠し撮りしたもののようで、画像が粗い。それでも、今泉と蓑田が親しげに話をしているのが写っていた。

「高級クラブ『ローズ』で撮ったものです。テーブルの上に、銀行の封筒があるのが分かりますか」

確かにずいぶんと厚みのある封筒が写っている。

「蓑田には活動資金として三〇〇万円に上る今泉のカネが渡ったようです。また、蓑田先生はクラブ遊びがお好きなようなんですが、その大半は今泉のツケです」

こんなクズのような連中が俺のライバルなのか。ふざけた話だ。

「ところで、黒松幸子をどう思う？」

三枝が調査した「高天市長に相応しい人物アンケート」では、鏑木の支持率は約七八％とある。これは、地元紙高天新聞の世論調査よりはかなり低いが、実態はその程度という自覚はあった。高天新聞は鏑木に媚《こ》びるために、底上げした数字を出しているからだ。

次いで高いのは、妻の瑞穂で、こちらは一一％。前回から比べると半分に落ちている。

尤《もっと》も、マスコミが「ライバル」と持《も》て囃《はや》している蓑田は二％しかない。なのに市長選出馬などそぶりも見せていない黒松幸子が九％も支持されている。

「出馬する可能性があるか、というご質問ですか」

「そうだ」

珍しく三枝が即答しなかった。

「ない、と思います」

「どうした。ずいぶんと弱気だな」

「アンケート結果で一番の驚きは、黒松幸子の登場です。この調査の直前に民放のドキュメンタリー番組が取り上げたからでしょう。念のため、調べてみましたが、彼女が市長選挙の出馬を考えているという情報は、まったくありませんでした」

「聖が担ぎそうなタマじゃないのか」

黒松幸子なら、聖がこだわるという「人間力」もありそうだ。

「ですから市長、聖の挑発は、はったりですから」

「私はそうは思わない。あいつの目は本気だった。だから、聖が対立候補を擁立するという前提に立って考えろ」

三枝は不満そうな表情をしたが、それ以上は逆らわなかった。

「そうですね。黒松幸子はありかも知れません」

三選確実の未来に、一滴の墨が落とされた。

「だとしたら、厄介か」

「厄介かも知れません」

「理由は？」

「彼女のモットーは、争わないです。そういうタイプが市長選に立つということは、やむにやまれぬ怒りと使命感を持って立ったと訴えるでしょう。すると、選挙に争点が生まれる」

選挙に争点を作るな！　と、三枝は繰り返し訴えている。争点がないということは、鏑木市政に問題も不満もない証だからだ。

「黒松幸子について、もう一度徹底的に調べろ。それと、ダルマが何でも話すというあんたの娘に聞いてくれ。パパは、黒松という女性の選挙コンサルをやるんじゃないかって」

「ご冗談を」

「私は冗談は言わない」

8

御影石《みかげいし》の門の向こうに、数寄屋造りの家屋が見える。広い駐車場には、何張りもテントが立てられ、炊き出しが行われている。

「おまえ、豚汁《とんじる》食ってこい」

炊き出しを物欲しそうに見ている関口に言うと、すぐに飛んでいった。

「聖さんの分も、もらってきました」

「俺はいらんのに」

渋々受け取ると、聖は豚汁の入った椀を手にテントの裏側に移動した。夢中でがっついている関口に呆れながら、聖はテントで作業している人々を眺めた。二〇代から六〇代ぐらいまでの主婦が数人いる。

良いムードだな。ボランティアを楽しんでいるようだ。

「うまいっすよ。何で食べないんですか」

関口を無視して、聖は相談者らしい連中を観察した。

いわゆるホームレスのような人は少ない。スーツ姿のサラリーマンもいれば、Tシャツにトレーニングパンツというような若者、あるいは老婦人まで幅広い世代が訪ねてくる。

どこか思い詰めた表情で現れるが、建物から出て来る人は柔らかい顔つきをしている。それは「さっちゃんち」で何らかの希望を得たからなのかもしれない。

せっかくなので豚汁を食べてみた。今日は少し肌寒いからかも知れないが、温かさが身に染みた。しかも、入っている豚肉は赤身が多く、おいしかった。すっかり平らげると、空いた椀をテントに戻しに行った。

「いやあ、うまかった。出汁《だし》がきいてますね。しかも、豚肉が肉厚だ」

「このお肉は、マルハマさんとこのだから、おいしくて当然ですよ」

最年長らしい女性が笑顔で答えた。この界隈《かいわい》では有名な肉屋だそうだ。

「なんだか、ここはいい場所ですねえ。元気をもらえます」

「そりゃあそうよ。さっちゃんのモットーは、何でも楽しくやる、だからね。あなたも、悩み事があったら、遠慮せずに相談してみたらいいよ」

励まされて複雑な気分になった。

ここを訪れるのにスーツ姿はまずいと思って、九五〇円のネルシャツに安物のダウンベスト、ジーパンという服装を選んだ。それで、生活困窮者だと思われたのかも知れない。

玄関に入ると、来客の靴で埋めつくされている。壁には、「脱いだ靴はビニール袋に入れてお持ちください」とあるが、あまり徹底されていないようだ。

「おまえ、ボランティア志望ですとかなんとか言って、このNPOの活動について聞いてこい」

「了解です」と言って、関口はオフィスに入っていった。平成市長選挙の時は、ほとんど役立たずだったが、最近ようやく選挙コンサルタントの事務所で働く意味を理解してきたようだ。

平成市長選挙の後、関口に声をかけたのは、彼が腕の良い運転手だったからだ。長年、聖の運転手を務めてくれていた人物が、実家の親の介護で退職し、人手を探していたところに関口が現れた。

もう一つは、関口がいかにも最近の無関心世代の典型だったからだ。人懐っこいし、素直で情にもろい。ＳＮＳなどで世間のブームや流行を敏感に察知し、将来は心配なくせにそれを本気で考える前に飽きてしまう。関口がいることで、選挙で一番顔が見えないと言われている二〇～三〇代の浮動票層の志向を探りやすくなる。

だから、どこへ行くにも関口を付き添わせている。

素直だけが取り柄の関口が早くもオフィス内の女性スタッフと談笑を始めたのを見て、聖は中央にある階段を上がった。

二階は、かつては大広間だったらしい。見渡せるほど広いので、子どもが走り回っている。

奥に進むと、個室が続く。相談室と札がかかった部屋や診療所、「語り場」というのもある。黒松幸子は大抵そこにいるそうだ。

障子を開け放し衝立《ついたて》が立てられている。「フリータイム！　ご自由にお入りください」という案内板が掲げられていた。

室内を覗くと、一〇人ほどが座って談笑していた。

幸子もいた。彼女は、白シャツにジーパン姿だ。

さて、どうしたものかと迷っていると、青いトレーナーを着たスタッフとおぼしき者が聖に気づいた。

「どうぞ、ご遠慮なく」

そう誘われたら致し方ない。素直に従い、一番目立たない席に腰を下ろした。

「私は先生も合唱に参加すべきだって言ってたのよ。でも、絶対に嫌だっておっしゃって」

浴衣《ゆかた》姿の女性の発言に、「よして頂戴」と言いたげに、幸子が手を振った。

「昨日の第九コンサートの反省会です」

隣の女性が小声で教えてくれた。

「先生はＳＯＳのメンバーと一緒に練習されていて、誰よりも情熱的に熱唱されていましたよ」

そこで、幸子が手話を始めた。細い指の動きがあまりにも美しいので見とれてしまった。

幸子の隣に座っていたスタッフが通訳してくれた。

〝私、ベートーヴェンは趣味じゃないの。それに、歌はお風呂で歌うことにしている〟

「さっちゃんは歌がめちゃくちゃうまいって聞きましたよ」

女性が持ち上げると、〝それはデマ〟と返している。

とにかく幸子は返事が早い。それは、彼女が読唇術を使えるからだろう。

「本当は、鏑木の奴の誕生日を祝いたくなかったんでしょ」

学生らしき若い男がズバリと聞いた。

〝大親友のハズバンドが歌うんだから、心からお祝いしたわよ〟

「それって偽善じゃないですか。行政については、かなり厳しいこと言ってるのに、お誕生日は親友の夫としてお祝いするなんて」

若者はムキになっている。

〝私が批判しているのは、鏑木氏の政治についてだし、別に喧嘩《けんか》しているわけじゃない。市長には市長の考えがあるだろうけど、私たちの声も聞いて欲しいってお願いしているだけよ〟

「じゃあ、さっちゃんは、あいつが次の選挙でも当選して、市長を続けるのに賛成なんですか」

なんと素晴らしい若者だ。俺の聞きたいことを全部、尋ねてくれている。

〝どうかなあ。今はまだ、考え中だな〟

「僕は、さっちゃんに市長になって欲しい」

不意に幸子はそこで笑い声を上げた。ハスキーな声だった。

〝一斗《いちと》君、私が市長になったら、皆、困るんじゃないの〟

幸子の発言は通訳越しに聞くので、タイムラグが生じてもどかしい。

「どうしてです？　僕は本気ですよ」

〝だって、市民に語りかけられない市長って、ちょっと、ねえ〟

それを自分で言うのか。

聖は、驚いた。

つまり自身が持つハンディキャップにコンプレックスを抱いていないと明言しているようなものだ。

「そんなこと気にしませんよ。だって、さっちゃんは言葉をちゃんと僕らに伝えてくれますから」

この少年は、あとでスカウトしよう。

そんなことを考えていたら、突然、幸子がこちらを指さしていた。

「失礼ですけど、選挙の専門家の方ですよね。今の一斗君の意見、どう思われますか」

通訳がそう言った瞬間、全員の注目を浴びてしまった。こちらの素性がバレていた。

第三章　争わない女

高天市長に相応しい人物アンケート

1位　鏑木次郎　七〇%
2位　鏑木瑞穂　一五%
3位　黒松幸子　一三%
4位　蓑田琢磨　二%

市長選挙まであと三五〇日

【三枝事務所調べ】

1

「さっちゃんち」を訪ねた日のランチタイムに聖、調査責任者の碓氷俊哉、高月千香《たかつきちか》、そして関口ら事務所スタッフ全員でのミーティングが始まった。

碓氷は実質的には聖達磨事務所の専属調査員で聖とのつきあいは古い。相棒のような存在だが、元は衆議院議員秘書で、その後独立して、調査事務所を立ち上げている。

碓氷は永田町をはじめ政界やマスコミ関係者と太いパイプを持っている。ＩＴを駆使すれば何でもできる時代になっても、政治の世界だけは、泥臭い人間関係の隙間から取ってくる人的情報がいまだに最も有効だ。その方面の情報収集者としては、碓氷はピカ一だった。

一方、データ分析責任者の千香は、碓氷と対極の存在だ。五分刈りのようなベリーショートの髪をピンクに染めたド派手ないでたちで、言葉遣いも乱暴だが、コンピューターの前に座ると、驚くほどの集中力と粘り強さを発揮する。

インディーズのパンクバンドでベーシストをやっているので鼻と舌にピアスをしているが、古風なぐらい義理堅い。聖事務所では準社員としてデータやネット情報の調査と分析を担当していた。

「じゃあ千香、始めてくれ」

ジャンクフードを頬張りながら、ミーティングが進行する。室内の大液晶画面に、高天市のロゴマークと概要が映し出される。

「高天市の有権者数は約一三八万人、前々回の投票率は八七・四％。同市では戦後最高の投票率で、有効投票数の内、鏑木次郎候補が五二万七〇〇〇余票を獲得。現職市長の今泉良《りょう》策《さく》候補が五〇万八〇〇〇余票と、僅差」

千香の話し方は独特だ。助詞が省かれ、敬語はほぼ使わない。パンクに魂を捧げているからだという。

「なんで前々回なんですか。前回のデータの方が最新じゃないっすか」

関口が呑気に尋ねると、千香が舌打ちした。

「前回は、無投票当選。政令指定都市の市長選での無投票当選は、他に二〇一一年の浜松市長選挙だけ」

この時の選挙結果では、マスコミの見解が真っ二つに分かれた。多くは、鏑木市政がそれだけ盤石だという見方で、市民のみならず議会、財界、労組などから圧倒的支持があった証だと解説した。ただし、暁光《ぎょうこう》新聞と一部の週刊誌は、無投票当選に至る水面下で、鏑木市長が組織的な「候補者潰し」をした可能性を示唆《しさ》した。

だが、出馬が噂されていた「候補者候補」は、いずれも口を揃えて、鏑木市長からの圧力を否定している。

「千香、前回の無投票の原因について、何か分かったか」

「ネット上ではネタが取れなかったんで、俊ちゃんに託した」

「前回選挙では、ライバル三人の出馬が取り沙汰されていたにもかかわらず、いずれもが出馬を突然断念しています。確証には至っていませんが、鏑木陣営が抑え込んだとみて間違いありません」

「俊ちゃん」という柄じゃない碓氷が報告した。

「やっぱ、元検事だからですか」

「関口君、よい推測です。それに加えて一期目に、様々な便宜を図ってやった地元の有力者らが、鏑木のために暗躍したようです」

「それで、今回はどうなんだ。高天大の教授が、市長選出馬を仄《ほの》めかしているが、彼に対して、何か妨害はあるのか」

「特にはありません。蓑田教授は恐るるに足りないと考えているようですね」

碓氷の分析通りだろうが、俺が推す候補は妨害されると覚悟したほうがいいな。

「これは、前々回選挙の時の年齢別得票数」

千香が年齢別の得票数を見せた。

面白い構図だった。鏑木は、二〇代から四〇代までの各世代で六割以上を獲得している。だが、それより上の世代では、当時現職だった今泉候補が優勢だった。

「現在、鏑木市長派が作成しているＰＲビデオを見る限り、今回も若者に向けて発信したい模様」

「小僧、何でだと思う？」

「よく分かりませんけど、やっぱり、支持者を先に固めたいからじゃないんですか」

「つまらん答えだな。おまえ、頭を使って考えたことあるのか。前にも教えただろう、投票率は年齢に比例するんだ」

一般的に、二〇代の投票率は二〇％程度、年齢が上がるにつれて上昇する。つまり、七〇代では七〇％となるわけだ。だから、選挙では、高齢者を取り込むことがとても重要になる。

「投票に行くのはお年寄りばかりってことですか」

「そうだ。何も分かっとらんマスコミのバカどもは、若者層を取り込んだら選挙に勝てるみたいに言ってるだろう。だが、実際は、二〇代と七〇代の投票率には三倍以上の差がある。つまり、二〇代三〇代にアピールしたところで、あいつらは投票に行かないんだ。なのに、鏑木は若い層にアピールしている。なぜだ」

「わかりません」

「健ちゃん、これ。ヒント」

千香が提示したのは、最新の高天市長に対する年齢別支持率だった。六〇代以上では、八割前後の高い支持率を得ている。要するに、鏑木はこの七年間で弱点を克服したわけか。

「その一方で、四〇代より若い世代は支持率は五〇％前後、二〇代以下では四〇％台です。若い世代になると、大半が『分からない』と返しています」

「でも、一〇代の支持率は高いんですね」

確かに一八歳、一九歳の支持率は七〇％台と高い。

「この層はカネと洗脳で取り込みに成功しています」

碓氷が高天新世紀プロジェクトと書かれた文書ファイルを画面に投影した。高天市民の一六歳から二二歳までの青少年を対象に、鏑木が手厚い支援を実施しているというデータだ。

これは「人助け奨学金」という制度で、奨学金の返済についてはカネでなくボランティア活動への参加回数でカウントされるという仕組みだ。ユニークなのは〝有資格者〟に収入限度を設けなかったことだ。つまり親の年収に関係なく、当事者の自由意思で申請できるのだ。

これが市民から大変好評だった。

他にも「未来の宝クラブ」なる活動も実施している。大学生をリーダーにして社会体験学習などを毎月行う子ども会で、そこでさりげなく子どもたちに鏑木市長の功績について教育しているらしい。

「それって、ヒトラーみたいなものですか」

「批判者からは、鏑木ユーゲントと揶揄《やゆ》されています。たとえば、今回の調査対象の一人である小早川選などは反対派の急先鋒《きゅうせんぽう》です」

「しかし黒松幸子なんかは、これらの事業を高く評価してる。この活動を洗脳だの若者に対する票集めだというのは無意味で、誰に投票するかは当事者に委ねられているからって論法ね。むしろ若者に投資することで故郷の活性化が促されるなら大歓迎だと言ってるよ」

　幸子のスタンスがよく分かる話だ。

　二〇一五年に改正された公職選挙法によって、選挙権が一八歳に引き下げられた。単に世界の潮流に乗っただけの話だが、聖などは「被選挙権の年齢を据え置きにしといて、選挙権だけ下げても無意味」だと批判的だ。

　しかしそれこそが狙いだとも言われている。すなわち若い世代が「投票なんて無意味」だと政治に無関心になったほうが、政治家にとっては好都合だからだ。

　その一方で、若い層の支持を取り付けると、その後の選挙が楽になるという考え方もある。七年前に投票した人たちの多くが今も鏑木を支持しており、支持者の平均年齢を上げている。

鏑木の若手取り込みの意図はそこにあるのかも知れない。

「投票率の低い連中の中に支持者を増やせば、投票に行ってくれるし、得票数は跳ね上がる。そこが欲しいだけかも」

千香の分析に、聖も賛成だった。

「この七年で、鏑木市長は市議団の八割を取り込み済み。さらに、財界、労組は鏑木三選出馬要請の声を上げてる。最終的には与党民自党の支持層から約一六万、リベラル党から一二万の票を獲得すると予想、ここに議会の与党会派三党を合わせた約三三万票が鏑木支持で固まっている。つまり、既に当確って感じ」

投票率の平均は、六〇％前後だ。当確ラインを聖は、四〇万票と見ていた。

つまり残り五〇万票足らずの中から七万票取れば当選確実となる。鏑木の楽勝だ。

「まだ、出馬表明すらしていないのに、それは気が早いんじゃないの」

関口のバカが突っ込みを入れたが千香は無視した。

「健司、選挙は出馬表明した時には、票読みは終わってるんだ」

代わりに教えてやったが、合点《がてん》がいかないようだ。

「でも、たかだか三三万票じゃないですか。当選するには、五〇万票以上は必要でしょう。それに大都市は、浮動票が勝敗を決するって言うし」

「いや関口君、現状だと、今回の投票率は低いと予想されている。さらに、これだけ組織票で固めると、この情報がマスコミに流れた段階で、雪崩《なだれ》を打って浮動票が鏑木支持に流れると考えるべきだね」

「でも碓氷さん、マスコミが有利って書くと、浮動票って反対陣営に流れるんじゃないんですか」

関口は時々まともなことを言うのだが、いかんせん古い。

「それって、二〇世紀の常識。今どきのアナウンス効果は、大勢に乗っかる方向に動く」

千香がバカにすると、関口は「なんで？　やってみないと分からないじゃん」と反論した。

まあ、そうでないと俺の出番もない。

「聖さん、既に勝敗が決まっているんでしょ。だったらどうして、この仕事を受けるんですか」

それは関口だけの疑問ではなく、千香も、そして碓氷も抱いているらしい。

「勝てるからだ」

誰も納得しない。

「俺は確信してるんだ。なぜだか知りたいか」

全員が頷いた。

2

斎藤をタクシーに乗せると、選は電話をかけた。なかまネット事務局長の平《たいら》から何度か着信があったのだ。

選に来客だという。

「当確師とか名乗る変なオヤジじゃないの？　それだったら、アポは午後三時だけど」

まだ、一時前だ。

〈いえ、高天大の学生グループのようです〉

それもボランティア団体ではないという。

〈市長と未来を考える高天未来会議のメンバーだとか〉

あまり会いたくないとは思いつつ、無視も出来ない。

「一〇分ほどで戻ります」

セントラルパークを横断すれば、なかまネット事務局まではすぐだ。

「市長と未来を考える高天未来会議」は一八歳から四〇歳までの若手代表が、市長に提言するという審議会で、鏑木市長肝いりのプロジェクトだ。

審議会でいくら素晴らしい提言が出ても、行政や議会で骨抜きにされて、有名無実化される場合が多い。それでは若い世代の意見が反映できないと考えた鏑木市長が、「我がまちを担う若者が考え実現に邁進《まいしん》することこそが、郷土愛だ」と強く訴え、この組織の結成を実現した。

全体会議には市長、副市長、市議会正副議長の出席が義務づけられ、必要に応じて行政関係者や専門家、財界関係者などが参加する本格的なものだ。

そして、選は評議員に指名され、座長就任まで要請されている。だが、選としては評議員の選定方法に疑問を感じているのと、座長になったところで、最後は市長の思い通りの決定がなされると危惧《きぐ》しているのとで、断り続けてきた。

それだけに、ホンネを言えば未来会議の関係者に会いたくなかったのだ。その一方で、高天の未来を真剣に考えている学生たちの気持ちは汲《く》みたい。だから、選は渋々会うことにした。

「あっ、お疲れ様です。会議室に案内しています」

雑居ビルの四階にあるなかまネット事務局に着くと、すぐに平が声をかけてきた。

平は高校の後輩だったが、昔から生徒会活動で活躍するようなしっかり者だった。黒縁メガネの向こうから見つめる大きな目は、何でもお見通しなんじゃないかと思うこともある。

さらに彼女の夫と選が同級生という縁もあって、なかまネットの立ち上げ時に、事務局長を買って出てくれた。

「みなさん、気合いが入ってらっしゃいますよ」

「つまり？」

「選さんに座長になってもらうために直談判《じかだんぱん》に来た、というのが私の見立てです」

やっぱり……。

「だったら、会いたくないなあ」

「何を言ってるんです。ここで逃げたら、次は自宅に押しかけてきますよ。やる気ないなら、きっぱりお断りすべきです」

平の強気に押されて、選は彼らが待つ部屋に向かった。四人の若者が一斉に立ち上がって一礼した。

「突然、押しかけて申し訳ありません。私、高天大学法学部三年の谷村美菜子《たにむらみなこ》と申します。今日はどうしてもお願いしたいことがあってお邪魔しました」

いきなり名刺が差し出され、そこには派手な書体でヘブンズ・ゲイトという団体名が書かれていた。天国の門とは、またご大層な名前だな。

「お願いというのは、小早川さんに未来会議の座長をぜひ引き受けて戴きたいんです」

「いきなりだね」

「すみません。私、前置きとか苦手で。それに、小早川さんもお忙しいでしょうから」

とうてい相手を気遣っての発言とは思えなかった。

「まあ、とりあえず皆さん座って。谷村さん、ずいぶん切羽詰まった様子だけど、何か急がなければならない理由でもあるの？」

「小早川さんにお引き受けいただけなければ、柄澤《からさわ》さんが座長になってしまいます」

それが誰なのかすぐに思い出せなかった。

「柄澤修一《しゅういち》さん、僕らの大学の先輩です。七年前、学生時代に『鏑木次郎を市長にし隊』を結成して、現在は鏑木市長の側近を務めてらっしゃいます。市長の私塾の塾長でもあります」

男子学生の一人が補足した。

「鏑木ユーゲントのトップが、未来会議の座長なんかになったら終わりです」

谷村の声には怒りと悲痛が入り混じっている。

「終わり？」

「柄澤さんは中高生を集めて、スパルタで鍛え、洗脳しているとか」

鏑木市長が私財で立ち上げた政治を学ぶ 志 塾《こころざしじゅく》という私塾があるのは選も知っている。政治や社会問題についての意識が高い若者が集う勉強会だ。社会問題の討論会などを開き、無関心な若者への啓蒙《けいもう》活動にも熱心だ。

「谷村さんは、柄澤君と会ったことは？」

「三日前に初めて会いました。そして評議員を辞退しろと、私を脅したんです」

「脅したっていうのは、おだやかじゃないね」

「私が学生新聞で鏑木市政を批判したからです」

谷村が見せてくれた学生新聞の記事はかなり深刻な内容だった。鏑木が市長就任後に導入した特別支援奨学金制度「人助け奨学金」は、低所得者層の子弟への応援制度として、全国的にも高い評価を得ている。

行政が指定するボランティア活動に参加すれば、奨学金の返済が免除されるという制度で、既にこの五年で延べ七万人以上が利用している。

だが、その制度には、重大な欺瞞《ぎまん》があるというのだ。高天市や鏑木市長に対する批判や、反体制派の集会などに参加すると、奨学金を取り消される――、近年はそんなケースが増加している。

高天市によると、支給要件の中にある「高天市民として著しく不適切な行動を続けた場合、奨学金を打ち切ることがある」という条項に該当するのだという。もっとも、「著しく不適切な行動」の定義が曖昧で、個人差が激しいと記事では指摘されている。

そして、奨学金を打ち切られた学生は、市に一ヶ月以内に支払われた奨学金の二倍の額を返還しなければならない。

選自身も奨学金の二倍返し制度について調べてはいるが、実際にそれが行使されたのは、本当に悪質な学生に限られていた。

「不当な理由で奨学金の返還を求められた学生がいるの？」

「三人ほど。一人は、私の親友で、市長批判が原因です。それで友人は大学を中退して、今は返済のために非正規で働いています」

失礼だとは思ったが、選はついため息をついてしまった。谷村の話には情緒的な偏見を感じて、額面通りに受け取れないのだ。

そもそも未来会議の座長就任のお願いに来たはずが、さっきから話題は、栁澤と私塾の悪口に終始していた。

「この記事を書いたから未来会議の評議員を降りろと栁澤君が脅してきたと、君は言ったね。具体的にはなんて言われたんだい」

「えっと」と谷村は言いよどみ、間を置いてから答えた。

「市民に評判の奨学金制度を、噂レベルで糾弾するような人に、未来会議の評議員なんて務まるのか、と」

腕組みしながら聞いていた選は、同席者を眺めた。彼らも頷いている。

「それは脅迫と言わないでしょう。せいぜい、嫌みだよね」

「でも、私は怖いと思いましたし、明らかにウチの大学では、柄澤さんは恐れられています」

「彼はもう高天大の学生じゃないでしょ」

「未だに、柄の悪そうな学生たちを従えてキャンパスを歩いているんです。しかも、取り巻きは皆、怖い顔で私たちを睨むんです」

かなり主観的な判断だった。選も柄澤とは合わない。鏑木に心酔しすぎていて危ういところもある。だが、谷村の言い分は、さすがに言いがかりに思えた。

「なるほど……。僕が座長を辞退したら、柄澤君が就くという確証はあるの？」

「小早川さんがこれ以上、固辞されるようなら、代わりを探すようにと、市長はおっしゃっているそうです。そして、柄澤さんが最有力だと事務局員から聞きました」

同席していた学生の一人が言った。

「一つ、君たちに聞きたいんだけれど、なぜ僕が座長に適してると思うの？　今日が初対面の僕に対して何を期待している？」

「市長への批判を暁光新聞に投書されてますね。勇気ある発言ですし、鏑木市政の問題点について的確な指摘だと思います」

やはり、それか。

二ヶ月前、鏑木市政に批判的な全国紙の記者に唆《そそのか》されて、「救世主を名乗る独裁者へ」と題して一二〇〇字にも及ぶ鏑木市長の市政についての原稿を書いた。

姉には「立場をわきまえなさい」と詰られたものの、間違ったことをしたとは思っていない。しかし、あの一度の寄稿文で、「反鏑木の旗手」などというレッテルを貼られてしまった。

「私たちは、小早川さんのような方に、座長になって戴くことで、市長や柄澤さんの暴走を止めたいんです」

谷村が立ち上がると、他の学生も続いた。

「ぜひ、引き受けてください。小早川さんが以前、ウチの大学で開かれたシンポジウムで『行動する勇気が何より尊い。社会に疑問を感じたら、臆せず立ち上がりましょう』とおっしゃった言葉に、私は強い感銘を受けました。そういう方にこそ、高天の未来を考える審議会の座長になって戴きたいんです」

絶対に受けないと決めていた気持ちが、揺らいだ。

3

「鏑木陣営の選挙戦略は、実にユニークだ。すなわち、争点を作らせないことに徹している」

たとえば、初出馬では高齢者の支持が弱点だったため、その対策として、老人クラブ活動への助成を強化した。そして、新たにデイサービスセンターと保育園を一体化し、高齢者の生き甲斐と待機児童ゼロを実現させた。

それによって、高齢者と若い主婦層の支持率を上げた。

さらに、鏑木市政に対して批判的な勢力に対しては、彼らのリーダーを市政参加という名目で丸め込んでシンパにするなど、反対派を味方にして取り込む――それによって、争点を潰してきたのだ。

「選挙に争点がなければ、現職は無敵だ。鏑木はそれを熟知している。しかし、言い換えれば、鏑木は争点が生まれることを恐れている」

「でも、既に基礎票で三三万票もあって、勝利は目前なんですよ。恐れますかねえ」

聖は指を鳴らして、発言した関口を指さした。

「初出馬の際、鏑木は当時の今泉市長の不正を暴く正義の味方として登場したのに、辛勝しかできなかった。なぜだと思う？」

「分かりません」と関口が首を振ると、千香が答えた。

「この街が腐ってたから。今泉とかいうくそったれ市長が、有力者にカネをばらまいていた。でも、正義の味方君が登場すると、そういうラッキーが消える。結局、有力者の多くは、既得権益を失いたくないから今泉を応援する。選挙は正義よりカネってこと」

「まあ、そうだな。それともう一つ弱点がある。鏑木は、挑発されると相手のフィールドに足を踏み入れてでも喧嘩する悪い癖がある。たとえば今泉陣営が悪辣な怪文書を撒いたと知ったら、鏑木も怪文書でやり返す。そういう泥仕合を繰り返すと、敵方の術中に嵌《は》まりやすい」

わずか三日間だが、奴の選挙コンサルを務めた時に気づいたことだ。愚かだからやめよと何度も忠告したのだが、頭に血が上ると、相手を叩きに行ってしまう。その結果、有権者からは「なんだか鏑木も面倒な奴だな」という印象を持たれたのだ。

おそらく、そういう気質を自覚しているのだろう。だから、鏑木は二度目の選挙を無投票で乗り越えたのだ。

「じゃあ、なんで今回もそういう手を打たないんですか」

いつも良いところで関口が、的確な質問をしてくれる。

「驕りだな。首都機能補完都市に選ばれてからは、鏑木は明らかに傲慢を隠さなくなった。そして、知事を蔑《ないがし》ろにし、地元選出の国会議員に対しても高圧的になった」

大災害が東京を襲った際に、首都機能を代行する都市に選ばれたのだから、ある意味第二の首都になったようなものだ。

選定に当たっては、住民投票が必要だった。その投票では、圧倒的な支持を得た。また、同時に、鏑木は県庁舎を隣接市に移転する判断も住民に委ね、見事支持された。

その結果、県庁を追い出し、その跡地に首都機能補完施設を建設すると表明した。

政府からの莫大な予算を得て、首都機能補完施設の工事がまもなく始まるおかげで、高天市はバブル景気に沸いている。

「だからもはや敵なしと思い込んだわけ？」

千香の言う通りだ。

「つまり堂々たる争点を奴にぶつけるライバルが現れたら勝てる」

「そんなに単純ですかねえ」

関口は常に後ろ向きな男だ。

「まずは、有権者に、あんたらは欺《だま》されていると訴えることだな」

鏑木は、政治は市長にお任せというムードを作るのが上手い。行政サービスについては市民のために設けたとやたら喧伝《けんでん》するし、それで市民は幸せに暮らせるという幻想を蔓延《まんえん》させる。

高天市が市内数カ所で進めているコンパクトシティ構想などは、まさにその典型だ。

低所得者や障害者、さらに要介護の高齢者をあるエリアに囲い込み、食事と部屋を無償で提供し、その対価として住民は、その街の運営を行う。つまり労働の提供で家賃と食費を相《そう》殺《さい》するのだ。

さらに、コンパクトシティでの居住を拒否した住民を、市は一切サポートしない。言い換えれば、生活弱者には選択の自由を認めていない。

そもそも小選挙区制の導入で、国会議員は市長の五分の一の得票で議員になれる。市長のほうが市に及ぼす影響力が大きくて当然だった。

次の選挙で勝利を収めれば、鏑木は押しも押されもせぬ大君主、すなわち独裁者になるだろう。

「鏑木は、貧しい人や弱者に最低限の安心と安全を与える代わりに自由を奪う。その一方で、国内外の富裕層の移住に積極的で、彼らが望む通りのサービスを提供する方針を固めている。

つまり、二層社会を作るつもりだ」

そこで、千香が待ったをかけた。

「でもさ、それって悪い事？　市民サービスをちゃんとやってくれるんだったら、私はいいけど。第一、何でも平等って変。資本主義社会に生きてんだから、金持ちと貧乏人がいるのは、当然。その両方が幸せに暮らせるなら、二層社会大歓迎」

「だが千香、おまえが金持ちになれなかったら、ゲットーのようなところに放り込まれるんだぞ」

「それは違う。金持ちと貧乏人の間には、誰の世話にならなくても暮らしていける平凡層が大量にいる。治安が良くて、普通に暮らせるんなら、それでいい」

「あの、僕も千香ちゃんの意見に賛成っす。だって、一般庶民にとって、政治って難しいし、ドロドロしてるし、超面倒臭いっすよ。僕は地元の市長選挙の候補者の手伝いもやりましたけど、最後まで何が良くて、何がダメなのか分からずじまいでした。だったらそんなの考えないほうが楽っす」

それが平均的な有権者の生理だし、だから鏑木は負けないのだ。

「俺の使命は鏑木市長で充分じゃんと思っている有権者に、それは違う！　と言える候補者を立てて、こちらの土俵に引きずりこむことだ」

千香と関口が驚いている。先に口を開いたのは関口のほうだった。

「つまり、そういう候補者がいないと勝てないんですね？」

「そうだ。そういう可能性のある候補が二人いる」

黒松幸子、小早川選の名前を挙げた。

「戦略は二つだ。無党派層を組織票に変える努力。そして、基礎票の切り崩しだ」

「ボス、意味不明《イミフ》。組織票にならないから無党派層なんでは？」

「千香の考え違いだな。まだ組織票になってないから無党派層って言うんだ。高天市に『自由を守ろう！』という運動を推進する勝手連を組織する。そこに今まで政治に無関心だった無党派層を集めるんだ」

千香がバカにしたように笑った。

「千香、おまえ二〇一五年夏の、国会議事堂前を忘れたのか」

二〇一五年夏、時の政権が集団的自衛権の行使を認めたいわゆる安保法制をゴリ押しで通そうとした。それに異を唱える大学生が国会前に集結、「戦争反対！」「民主主義守れ」などと連呼し、社会的ムーブメントを起こした。

「でも、連日連夜がんばった割に、結局何も変えられなかった」

聖は指を鳴らして千香を指さした。

「当たり前だ。なにしろ、彼らは目的達成のために必要な手続きが何かを知らなかったからな。だが、俺が目論むのはそんなものとは全く違う。鏑木は若者や弱者から自由を奪って、安っぽい生活と安心を投げ与えようとしている。そんな奴隷のような生活はいらない。僕らの生活は、僕らで選ぶ！　を掲げて、市長候補を担げば、その目標は、新市長当選という結果を生むんだ」

若者二人が顔を見合わせた。

「そんな思い通りにいきますか」

関口はなおも悲観的だった。

「そこが、俺の腕の見せどころだな」

「だとしても、既に相手は三三万票を積み上げている。勝手連だけでそれを超すなんて非現実的」

千香が、鏑木市長獲得票予想をモニターに提示した。

「一見その通りに見えるが、組織票といえども、切り崩すのは難しくない。民自党の票が約一六万とあるだろ。そのうち、約二万は大國代議士のものだ。ここは我々が死守する」

大國代議士が依頼主であることは、碓氷以下全員が理解している。

「さらに、リベラル党の一二万を奪取する」

それで鏑木一九万票となり、対抗馬が一四万票となって拮抗《きっこう》する。

「大國先生の票はいいとして、リベラル党の一二万を取るなんて、ゼッタイ無理」

「いや、無理じゃない。国政では、リベラル党はもう一度民自党から政権を奪還したいと思っている。なのに、高天市では鏑木の対抗馬を立てられず、日和《ひよ》ったんだ。だから、鏑木を倒せる可能性を示せば、切り崩せる。リベラル党の似非《えせ》インテリたちは、常に民主主義を守る人の味方を標榜《ひょうぼう》しているからな」

「勝手連でしっかりと支持者を集められたら、切り崩せるんだ」

「健司、正解。さらに、もう一つ、この市の無党派層には、実は二つの組織票が隠れている」

「新興キリスト教系の聖パトリック教団の信者と、雷神宮《いかずち》の氏子会《うじこかい》ですね」

碓氷が即答した。

「何、それ」

「千香、宗教集団の組織票を侮《あなど》ってはいけない。彼らは選挙終盤になって両陣営に対して自分たちの要求と引き換えに票を売るんだ」

碓氷に、その票数を尋ねた。

「聖パトリックが約五万、雷神宮氏子会が約一五万ぐらいでしょうか。七年前は、この二団体がいずれも鏑木を最終的に全面支援した。だが、連中は今回も洞ヶ峠《ほらがとうげ》を決め込むと思われます」

「じゃあ、二人の候補を比較検討してみるか」

聖が言うと、千香は画面上に小早川選の基本データを映した。

「小早川選――三四歳、小早川グループ代表小早川至氏の第二子。東京大学大学院社会学研究科修了。生活困窮者支援団体であるNPO法人なかまネットを主宰。また、高天市は行政サービスにおける手話通訳者の常駐制度を廃止しているが、その派遣団体、すなわち高天市手話通訳派遣センターの理事も務める。かなりのイケメン、蓑田よりも誠実そう」

男の美醜に興味がない千香が言及するのだから、よほどのことだろう。

「ただし、鏑木市長の身内なんだけど。そんなの対抗馬になり得るの？」

「現職市長夫人の弟が出馬するってのは、相当なインパクトだぞ。それにこいつは、本気で義兄を嫌っている」

「これでしょ」

〝救世主を名乗る独裁者へ〟という見出しで始まる暁光新聞のコピーを千香が配った。鏑木市長への痛烈な批判が書かれている。

「市民の怒りと不安を煽《あお》り、自らの施策を批判する者は異端と切り捨てる人物を、いつまで我々は〝救世主〟だと信じていいのだろうか」と冒頭から手厳しい。

「小早川の御曹司の謀反《むほん》だと、一時期高天市役所でも大騒ぎになった寄稿だ。また、気の早いマスコミの一部は、小早川選が寄せた原稿は、次期市長選挙への出馬表明だと喧伝するところも出て来た」

聖はそう補足した。

「でも、結局は姉の仲介で市長と和解したって何かの記事で読んだよ。いずれにしても、こいつ大したことやってないよ。皆中途半端だし」

さっきはイケメンで誠実そうだと褒めていたくせに。

「あんたも、選擁立には否定的なのか」

碓氷の顔は「そうだ」と言っている。

「彼はない、ですね。タマとしては面白いですよ。カネもあるし、知名度もそこそこ。でも、こいつ性根がなってないと私は思いますね」

「俊ちゃんの意見に一票」と千香も乗ってきた。

「二人とも手厳しいな」

「彼には生産性がないんです。権力者を批判するだけなら簡単です。問題は、では、どんなアクションを起こすかということです。この記事以外にもインタビューなどを読みましたが、小早川選は行政とは何かが分かっていません」

「すみません、碓氷さん、僕も分かんないす」

関口がまぜ返したが、碓氷は嫌な顔一つせずに続けた。

「無料サービスばかりを求める市民からカネをむしり取り、より意味のある使い方をいかに考えるかが行政だよ。また、行政サービスに依存しすぎないで、人生は自力で生きるべしと市民に悟らせることも重要だね」

確かに、選青年にはそういう側面の思考がまったくない。尤も、誰もそういう質問をぶつけていないだけかも知れない。それは、午後に彼に会った時に確認するしかない。


「じゃあ、次はさっちゃんのほうだ。彼女は行政とは闘うが、政治的発言を一切していないんだが？」

「聖さんの言う政治的発言って、鏑木批判でしょ。黒松幸子は、それに関してはほとんど言及していない。でも、高天市政に対しては、積極的に発言しています。彼女は個人批判には興味がないんでしょう」

要するに小早川選とは正反対だと碓氷は言いたいわけだ。

「ちなみに黒松さんの鏑木評価はどうなんだ」

千香が動画を呼び出した。

黒松のインタビュー番組のようだ。

〝黒松さんは、鏑木市長の政治をどのようにお考えなんでしょうか〟

幸子が手話で語ると、字幕が流れた。

〝市長は立派な方だし、高天市を良くするために本当に頑張ってらっしゃる。でも、人間一人でやるには限界があるから。市長の手に負えない時は、市民の力で補えばいいのよ〟

「ずっとこの調子。彼女は、人を批判しない。市長の方針に異論があっても、せいぜい『同じゴールを目指すけれども、方法だけ変えませんか』というような控え目な提案しかしない」

「争わない主義の人が、選挙に出るもんなんでしょうか」

「健司、出てもらうんだよ」

「聖さん、『さっちゃんち』で、ご本人と話しましたよね。何、しゃべってたんすか」

碓氷が初耳だというように、こちらを見た。本人と事前に接触したのは、彼にも千香にもまだ伝えていなかった。

「大した話じゃないよ。ちょっとした雑談。あなたが市長になったら何をしたいかを聞いただけだ」

その時の幸子の表情は、印象的だった。

「そしたら黒松さんは、音楽祭で市長が『第九』を歌うのを禁止します、と言ってた」

4

真新しい雑居ビルの四階にあるNPO法人なかまネット事務局の入口で、聖は立ち止まった。

廊下に貼られたポスターに目が留まった。

「サイレント　演劇の会　旗揚げ公演『マクベス』」

「顔つきから人の心を読みとるすべはない」という台詞が、王冠を被った男の顔の脇に添えられている。ポスターの片隅に注意書きがある。

〝台詞は全て手話で行われます。舞台上に字幕が出ます〟

関口もポスターに気づいた。

「シェイクスピアかぁ。こんなのを手話でやるなんて凄いなあ。あ、手話監修で、小早川さんが入ってますね」

応援という名目で、「さっちゃんち」の名もある。

「小早川ぼっちゃんが、『マクベス』の劇をやるとは皮肉な話だ」

「どんな話でしたっけ？」

思わず、関口の頭を叩いていた。

「『マクベス』は、ある日、魔女に唆されて王を殺し、自らが王になろうとする。しかし、結局は自らの罪の重みに苦しみ破滅していく——という物語だ。まるで鏑木市長だな」

だがバカには分からなかったらしい。関口は聞き流して、なかまネット事務局に入っていった。

応接室で待っていると、小早川が現れた。

「昨日はどうも。それにしても聖さんの肩書きおもしろいですね。当確師ってどんな仕事なんですか」

小早川が、昨日渡した名刺を眺めている。

「選挙に出たい人にアドバイスして、当選確実にする仕事です」

「……なるほど。それで僕に何のご用です」

「高天市行政の刷新のために、是非ともあなたに市長選に出馬して戴きたい。ある方からそういうご依頼があったので、参上しました」

「ある方、とは？」

「大國克人さんです」

それが誰だったか、すぐには思い当たらなかったらしい。しばらく考え込んでから、ようやく思い出したようだ。

「お知り合いでは？」

「いや、面識はありません。本当に大國代議士が僕を推薦したんですか」

聖は大きく頷いた。

「それは、あり得ないな。大國さんといえば、ばりばりの鏑木市長派でしょ。そんな人が僕みたいなのを、なんで対抗馬に欲しがるんです？　しかも僕は鏑木の身内ですよ」

「それについては、私にも分かりませんな。いずれにしろ小早川さんご自身が、私にご依頼いただけると確信しております」

「僕が依頼する？　市長選に出馬するなんて、いつ言いましたか」

「内心では、何度もお考えでは」

小早川が大げさに呆れた。

「読心術でも使えるんですか、当確師さんは？」

「まさか。でも、あれだけの市長批判を、天下の暁光新聞紙上でされたんですし、今や反鏑木市長派の急先鋒と言われている。ならば、動くしかないでしょう」

会話が止まってしまった。気まずい空気の中を、事務局長がお茶を運んできた。

「ねえ平さん、こちらの方が、僕に市長選挙に出ろとおっしゃっているんだ」

見るからに生真面目そうな事務局長は困惑している。冗談なのか本気なのか、笑っていいのかまずいのか、迷ってるらしい。結局、一言も発しないまま、事務局長は下がっていった。

「今の彼女の反応が、僕の答えでもありますよ。何も言うことがない」

「では、伺いますが、小早川さんは、鏑木市政に問題をお感じになりませんか」

「感じていますよ。でも、それは僕だけじゃない。市民感情を味方につけた鏑木市長の強引な手法に不信を抱く人は、いくらでもいる。だからといって市長選挙に立つ人なんていないですよ」

「自らの施策を批判する者たちは異端と切り捨てる人物を、いつまで我々は〝救世主〟だと信じていいのだろうか――――。なかなか一般人には書けません」

小早川が苦笑いした。

「良識ある高天市民なら誰でも思っていることを書いたまでです。特段、凄い主張でもない。そもそも新聞に寄稿するのと、市長選挙に出るのとでは、次元が違うと思いますが」

「誰にでも書けそうな原稿が、こともあろうに日本屈指のクオリティペーパーに掲載されたのは、なぜか分かりますか」

その一言で、小早川の態度が変わった。不愉快な話題らしい。

「それは、暁光新聞に訊いてもらえませんか。僕では答えようがない」

「あなたが持っている、人を惹きつける力を私は買っている」

「そうやって人をおだてて、選挙に担ぎ出そうって肚《はら》ですか」

「説得する時は真実しか言わない。傲慢な人が、自分を傲慢だと自覚できないのと同じで、誠実な人も自覚なんてしていません。だからこそ、誠実な人柄が輝くのです。まさにあなたのことだ」

「それは、政治家に必要な資質ではないでしょう。それに僕は誠実じゃないですよ。いくつになってもフラフラして大人になれないから、一見、いい人に見えるだけです。だいたい誠実な人だなんて売り文句は、かえって胡散臭いですよ」

「あの男は万人の心の偶像だ。おれたちの場合なら罪と見えることも、あの男の支持を得れば、あたかもみごとな錬金術よろしくだ、そのまま美徳と価値に変貌する」

呆気《あっけ》にとられていた小早川は、すぐに意味を悟ったようだ。

「『ジュリアス・シーザー』の台詞ですね。鏑木市長を表現するのにぴったりですね。ならば、〝ああ、今や分別も野獣のもとに走り、人々は理性を失ってしまったのか！〟とでも叫びたいところですが、僕はブルータスになるつもりはありませんので」

「英雄が、なぜ求められるか分かりますか」

聖はさらに畳みかけた。

「皆が生きるのに汲々として、その苦しみから救って欲しいと切望しているからでは。そういう意味で、鏑木市政は、市民の期待に見事に応えていると思います」

「小早川さん、私も全く同感ですな。だが、鏑木氏は明らかに英雄から暴君への道を辿《たど》り始めている。あなたはそれを肌で感じておられるのでは」

「個人的にはそうです。でも、まだこの街には、分かりやすい英雄像が必要なんですよ」

「自分が思ってもいないのに、あなたはそれを肯定するんですか」

「僕がどう考えるのかは、高天市とは無関係でしょ。とにかく、僕は鏑木市長を危ういと思っています。だからといって、その不安を、市民に押しつけるつもりはありません。ましてや、市長になって世直しを気取るなんてもってのほかだ」

「つまり、面倒なことは傍観するというのが、あなたの処世術というわけだ。そして、鏑木氏が暴君となり、独裁者となった時、『僕は前から気づいていたけどね。でも、誰も僕の警告に耳を貸さなかったじゃないか』と嘯くんですね」

そこで小早川は立ち上がり、ドアを開いた。

「平さん、お客様のお帰りです」

部屋を出る時に、聖は御曹司の手を握りしめた。

「お忙しい中、貴重なお時間を戴き感謝しております。では、いずれまた」

「二度とお会いすることはありませんよ」

雑居ビルを出ると、依頼主の代理人、嶋岡弁護士に電話を入れた。

「予定通り、明日の夜お時間を戴きたい」

「候補者が決まったんですね」

それ以外に何がある。

車に乗り込むなり聖は、「この街で一番上等なカラオケ屋を探せ」と関口に命じた。

「は？」

「同じことを二度言わせるな。一番、上等な、カラオケ屋だ。今から歌いに行く」

頭を整理するには、シャウトするに限る。

第四章　煮え切らない男

高天市長に相応しい人物アンケート

1位　鏑木次郎　五八％
2位　黒松幸子　一九％
3位　鏑木瑞穂　一七％
4位　小早川選　三％
4位　蓑田琢磨　三％

市長選挙まであと三五〇日　【高天テレビ調べ】

1

朝日が眩しくて、鏑木は普段より早く目覚めてしまった。

寝室の窓を開けると秋晴れが広がり、流れ込んでくる風も気持ち良い。階下のダイニングルームにも、清々《すがすが》しい朝が充満していた。

「おはよう。今朝は、早いのね」

ノートパソコンを眺めていた瑞穂が顔を上げた。

鏑木は大抵、八時頃まで寝室で過ごす。

「気持ちの良い朝だからね。それより、君はゆっくりじゃないか」

瑞穂は毎朝六時半には起床して、ジョギングするのが日課だ。そして七時半には仕事に出掛けている。

そのため、二人が朝食を共にするのは、せいぜい月に二、三度だった。

「今日は会社をお休みして、ゆっくりしようかと思って」

彼女がそんなことを言うのは珍しい。

「そうか。私は、一〇時に空港に人を迎えに行くんだ」

「ご苦労様。最近、ちょっとお疲れじゃないの？」

体調を気遣う言葉が、瑞穂から出たのも久しぶりだ。何か良いことでもあったのだろうか。

いや、ちょっと考えすぎか。

別に不仲な夫婦というわけではない。ただ、互いに忙しすぎて、すれ違いが多いだけだ。

食事を用意していいかと執事が尋ねた。

「ああ頼む」

一杯の水とトマトジュースを飲みながら鏑木は新聞を開いた。

「そういえば、今朝、高天テレビ《TTV》が集計した市長に相応しい人物アンケートの結果がネットに出てたけど、私、幸子に抜かれちゃったわ」

瑞穂が開いていたノートパソコンをこちらに向けた。

「支持率は伸びてるんだけどね。あなたが、幸子に食われたって感じかしら」

幸子の数字より、自分の支持率が大幅ダウンしているのにムッとした。アンチ鏑木派である高天テレビの調査とはいえ、三ヶ月前のアンケートでは支持率は七五％あったのだ。それが、一七ポイントも落ちているとは。

「幸子人気が急上昇した原因は分かってる。先週、幸子の活動を追いかけるドキュメンタリー番組を放送したからよ。数字から見ると、あなたの支持者が幸子に移ったのね。それが驚きだわ」

瑞穂は淡々としているが、鏑木の心中は穏やかではなかった。さらに、第四位に、選の名もあるじゃないか。

「蓑田は、どうなってるんだ」

「さあね。……いずれにしても、まだ気にする数字じゃないと思うけど」

いや、充分気にしなければならない。

前回は無投票当選だっただけに、選挙は八年ぶりになる。七年前に初出馬した時は圧勝すると思ったのに、ひやひやの辛勝だった。しかし、それ以降に盤石の体制を築いてきたという手応えがあった。だからこそ、今回は堂々たる圧勝を狙っている。なのに出馬表明すらしていない連中が、俺から支持者を奪っていくとは……。

「そうそう昨夜、選から電話があったわ。あの子、未来会議の座長を引き受けるそうよ」

「それは素晴らしい」

こんなタイミングで選の名を聞くのは不愉快だが、悪い話でないのがせめてもの救いだ。

「但し、無給でやりたいそうよ。高天市からお金をもらうと、発言が出来ないからだって。

それを認めてくれたら引き受けてもいいって」

いちいちもったいをつける男だ。

「まっ、お腹立ちでしょうけど、その程度の条件は呑んであげて。それが、あの子の矜持《きょうじ》なのよ」

矜持が聞いて呆れる。ろくに自立もできないくせに。あいつは金持ちの道楽ニートに過ぎない。祖父だけでなく実母からも莫大《ばくだい》な遺産を相続したおかげで、高等遊民が気取れるだけなのに。

「もちろん。行政としては経費削減になって助かるよ。いずれにしても、ありがとう。君が陰ながらサポートしてくれたんだろ」

「あの子の弱点は、年下に頼られること。だからそういうアプローチを考えてみたの。効果があったみたい」

策士で冷徹な姉を、あの男も少しは見習うべきだ。とはいえ、もし瑞穂と同じ気質なら、選はとっくに高天市のトップとして君臨していたかも知れない。だとすれば、神に感謝しないとな。

「そういえば、選も市長選挙に出ないかと、当確師に言われたそうよ」

庭でヒヨドリが激しく鳴いている。昨日から、二組のつがいが縄張り争いをしていて騒がしい。

「で、選君は何と」

「笑い飛ばして追い返したそうよ。でも、あの当確師さん、目の付けどころが秀逸《しゅういつ》ね」

「秀逸って？」

「だって、あなたを困らせる相手としては、選ほどいい対抗馬はいないでしょ」

「嬉しくない冗談だな」

嫌な話題ついでに、あの件も頼んでおくか。

「ちょっと相談があるんだ」

パソコンのキーボードを打っていた妻の手が止まった。

「幸子さんのことだ。彼女に、高天市の福祉担当補佐官になって欲しいと考えている」

「つまり万が一に備えて、幸子の市長選出馬を阻止したいわけね？」

「いや、選挙とは別だよ。最近の幸子さんの活躍ぶりは目ざましいからね。それでウチの社会福祉改革のブレーンになって欲しいという声が上がっているんだ」

「なるほど、見識ではある。わかった、聞いてみる。ちょうど今日、『さっちゃんち』を覗きに行こうかと思ってたの」

「じゃあ、さりげなく打診してくれると助かるよ」

「了解。じゃあ、お先に」

一人になると鏑木は、新聞を閉じ、食事に取りかかった。

2

ウォーターフロントにある自宅から、カワサキ・ニンジャZX－6Rを走らせて市役所に着いた選は、愛車を、清家《せいけ》川沿いの駐輪場に停めた。

黒松幸子と市役所ロビーで午前一〇時に待ち合わせをしている。

ヘルメットを脱ぐと、川からの心地好い風が頬を撫でた。桜の名所でもある川端にも、秋の気配を感じる。対岸のニューシティと呼ばれる金融街に建ち並ぶ高層ビル群は、青空に向かって突き上がり、秋の日射しを乱反射している。

市役所は明治維新で焼失した高天城跡に建っている。現在の庁舎は二代目で、以前は、煉瓦造りの立派な庁舎が建てられていたが、現在それは現代美術館として利用されており、新市庁舎は二八階建ての高層ビルだった。

幸子の姿がなかったので、選は正面玄関に近い太い大理石の柱にもたれて待っていた。

それにしても、「さっちゃんち」に何人も手話通訳がいるのに、なぜ彼女は選を指名したのだろうか。

その点について、手話通訳派遣センターの責任者が確認してくれたのだが、「今日は、通訳が全員都合が悪いからだ」と返されたらしい。

ボスが重要な交渉で市庁舎に行くのに、通訳全員の都合が悪いなんてことがありうるんだろうか。

姉の親友なのに、幸子と直接話をするようになったのは最近のことだ。選が幼かった頃に何度か会っていると姉は言うが、記憶にはない。

正直言うと、選は幸子が苦手だった。彼女が精力的にこなしている活動の多彩さを見るたびに、自分の活動が「お遊び」に思えてくるのだ。

「失礼ですが、小早川さんですか」

振り向くと、ビデオカメラを手にした若い男性が立っている。

「初めまして、私、メトロポリタンTVというネットテレビでディレクター兼カメラマンをしております関口と申します。こっちは、音声兼アシスタントの高月です」

パンクファッションで勤務する女性というのは珍しいと思ったが、選は黙って話の続きを待った。

「僕らは、黒松さんのドキュメンタリーを撮ってまして。今日は市役所との交渉があるそうですね。その様子を取材したいと思います」

いきなりなんだ。

「いや、それは、ちょっと。私は聞いてないんで」

「急に決まったんです。黒松さんには了解を得ていますし、市の広報にも話は通してあります」

だとすれば、通訳の分際で文句は言えない。

「で、黒松さんは？」

「表にいます。黒松さんに同行する弁護士さんが、受付で広報を呼び出しています」

弁護士まで同伴なのか。

「よお、選」

カメラクルーの背後に、上等そうなスーツを身につけた男が立っていた。

「まさか、弁護士って、おまえのことか？」

中学時代の同級生、嶋岡優介が頷いた。

一体どうなってるんだ。

「ウチのオヤジが黒松さんの母上と昵懇《じっこん》でね。それで、俺は『さっちゃんち』の顧問弁護士を務めている。まあ、ほぼボランティアだがね」

嶋岡は、四代続く弁護士一家の長男で、父親は地元の弁護士会の会長も務めている。そんな一族と幸子は繋がっているのか。

「あっ、お待たせしました。広報の浅井《あさい》と申します」

肩幅の広い男性はやたら丁寧な口調で、選にも名刺交換を求めた。

「小早川さんですね。広報室長の浅井と申します」

選は慌てて、なかまネットの名刺を出した。

「それで、これから今日はずっとカメラが回るんですね」

嶋岡が頷くと、ディレクターが撮影の段取りを説明した。

「他の市民のご迷惑にならない範囲なら、ご自由にどうぞ」

「助かります。じゃあ、黒松さんが庁舎前に立つところから撮りますんで、みなさんも外に出てもらえますか」

何だか仰々しいのが嫌だったが、素直に従った。

幸子はテレビクルーの存在など気にならないようで、既に正面玄関前に立ち、幼い少女と何かやりとりしている。無論、幸子は話せない。なのに、少女は笑い声を上げている。近づくと、幸子が両手から小さな花を出したり消したりしているのが見えた。

手品だ。しかも、その手際が素晴らしい。

隣で、カメラマンが撮影を始めた。

幸子は空中に突如、出現したコスモスの花を少女にプレゼントすると立ち上がった。

〝やだわ、もう撮ってるんですか〟

彼女の手話を、カメラマンに伝えた。

「すみません。あんまり楽しそうだったんで。広報の許可が下りたので庁舎に入りましょう」

〝何だか、大げさなことになってごめんなさいね。でもね、マスコミがいてくれるほうが、市役所の対応がいいの。今日はデリケートな交渉なので、選さんに通訳をお願いできて良かったわ〟

幸子が庁舎に入る前に選に話しかけてきた。

「あんまり、買いかぶらないでくださいよ。僕はそんなに上手じゃないですから」

〝ご謙遜《けんそん》を。今まで、あなたが手話通訳をしているところを何度も見たけど、とても分かりやすいし、何より言葉足らずの部分も適宜《てきぎ》補足しているでしょう。信頼してるわ〟

言葉を補足することには心を砕いていたので、そこを褒められるとちょっと嬉しかった。

その間もカメラは回り続けている。おかげで、通りすがりの人たちから好奇の目を向けられてしまった。

幸子の訪問先は、都市革新化室と呼ばれる耳慣れない部署だった。

〝高天市をより高収益な街にするためのスクラップ&ビルドを検討し計画を策定、そして推進する市長直轄の部署なの〟

移動中のエレベーターの中で、幸子はアメリカ手話《ASL》で話した。

〝あなたにだけ伝えたいことに関しては、ASLで話す〟

〝なぜ?〟とASLで返していた。

〝いずれ話す。とにかく、今日はあなたに手話通訳兼証人になって欲しいの〟

もう一度、なぜと聞く前に扉が開いた。

二四階には市長室があり、都市革新化室は、その一角にあった。

開かれた市役所を目指しているだけに、市長室以外に個室はなく、どの部署もパーティションなどの仕切りすらない。

「若い人たちが多い部署なんですね」

「未来の高天市を築くための業務ですので、市長の意向で各部署の期待の若手が集められたんです」

千葉《ちば》という広報室の女性が説明してくれたのを幸子に伝えた。

〝有言実行の市長らしいわね〟

広報室長の案内で、海が見える広い会議室に案内された。

テレビクルーは手際よくセッティングを進めている。準備が整った頃に、ダンガリーシャツにジーパンというラフな姿の男性を先頭に、四人の男女が入ってきた。

「ようこそいらっしゃいました、土山《つちやま》です」

ダンガリーシャツが、都市革新化室長の土山と名乗った。それ以外は、次長で最年長者の宮崎《みやざき》、そして都市計画課長と課長補佐の紅一点だった。

室長は、カメラマンや弁護士の同席にもまったく動じていない。対照的に次長のほうは、露骨に不快そうな顔をしている。そして、手話通訳が選であることにも戸惑っている。

〝このたびは、お忙しい中、室長直々にお時間を戴きありがとうございます。早速本題に入りますね〟

相手の反応など気にもせずに幸子が話し出した。

〝まもなく始まる定例市議会で、市内にある母子寮七つがすべて取り壊されて、住民には市営住宅の空き家を安く斡旋する計画だと聞きました〟

「それをどなたから」と次長は焦っていた。

だが、室長は平然と肯定した。

〝もう決定事項かあ〟と幸子の手話にＡＳＬが混じった。

〝土山さんは、見かけに欺されちゃダメね。とってもシビアで冷たい人に感じるもの〟と選に対してだけの呟きが続き、そこからは再び日本手話に切り替わった。

〝一部の建物で老朽化が進んでいるのは私も知っています。でも、すべてじゃない。港区のアザミ荘は、建てられてまだ一〇年で、マンションタイプだから美麗ですよ。さらに、清家区にあるB&Mセンターは、市立子ども病院に隣接しているんですから、なんとか残していただけませんか〟

「それは、市議会で議論される話です。私たちに相談されてもお役には立てません」

〝鉄面皮〟

ＡＳＬで悪態を一つついてから、幸子はにこやかに笑った。

〝だから、市の案として、その二カ所の売却を除外してくださいってお願いしているんですよ〟

「しかしすでに議案の作成に入っています」

〝議案締切は来週の水曜日でしょ。まだ一週間近くありますよ〟

そこで幸子が、嶋岡の腕に触れて合図した。嶋岡が鞄から紙の束を取り出した。

〝母子家庭当事者だけではなく、市民三〇〇〇人分の署名です。これは、ほんの一部で、実

際は三万人分あるんです。明日、アザミ荘とB&Mセンター存続サイトを立ち上げて、そこで全員の名前を公開します〃

選はもちろん、市の職員らも初耳だったらしく驚いている。だが土山は動じない。

「名簿は確かに預かりました。しかし、ご承知の通り、国からの社会保障関係費の支給額が激減していて、母子家庭や生活保護者への対応を考えなければなりません。母子寮の件も最善の策だと考えて市長決裁も終わっていますので、最終的な決断は議会で議論するしかありません。我々としては議会の賢明なる判断に委ねることとしますよ」

〃ちょっと待って。二ヶ月後に市議会議員選挙があるでしょ。そんな時期に、弱者を切り捨てるような市の方針に協力していいのかと、我々は市議の先生方に詰め寄るつもりですが、土山さん、それを事前にお知りになったのに何も対策されないんですね。もちろん、明日には、記者会見を開いて、マスコミ各社にも訴えますよ〃

「それは、脅しですか」

「宮崎さん、言葉が過ぎますよ」

すかさず土山が次長の言葉を打ち消した。

「黒松さん、市民サービスというのは平等がモットーです。老朽化した母子寮は潰すのに、利用可能というだけで二カ所だけ据え置くというのでは不公平が生じます」

〝なるほど、では、あの二カ所をNPO団体である私たちに譲ってください。運営等は私たちがやります。資金面は、さっき申し上げたサイトで募金を集めます。また、既に小早川グループからの全面支援もお約束戴いています〟

その瞬間、全員が選を見た。そして黒松に指名された理由も分かった。

3

「さすが次郎。これは金持ちが大喜びする」

沼島の高台にある灯台公園で海を眺めながら、香港のプライベートバンカー、ジョニー・リーは大袈裟《おおげさ》に喜んでいる。

鏑木は、同行していた塚田とリゾート開発会社JBRの安倍《あべ》社長に目配せした。

まずは第一関門突破だ。

「それで、どのエリアを我がクライアントに提供してくれるんだ?」

香港で生まれ、四歳で日本に渡り高校時代まで過ごしたジョニーは、流暢《りゅうちょう》に日本語を操る。山田太郎《やまだたろう》という日本名も持っている。

展望台から望める場所を説明したブロンズ製の円形の地図の上に、安倍が沼島ハイランド構想の完成予想図を開いた。

「市長の計画では、この島全体を超高級リゾートエリアにします。そして、ウォーターフロントエリアは、市民も楽しめるブランド街とレストラン街に。で、左手奥の一角に一つ、さらに港から一番遠い森林地帯には全くタイプの異なるリゾートホテルを誘致します。それ以外であれば、よりどりみどりです」

現状は国の認可を得るための大詰めの段階だが、既に誘致するリゾートホテルとは交渉を始めている。相手は、世界的に名の知られた超高級リゾートグループだった。

あまりの好条件に俄然《がぜん》興味を持ったのか、ジョニーは完成予想図を真剣に見ている。ジョニーは世界中に顧客を持ち、その大半が資産一億ドルクラスの大富豪だった。彼らは、節税対策もあって世界中を転々としている。

一時はシンガポールが、所得税など富裕者に格段の優遇措置をするとして三〜五億円で永住権の取得を認めていた。だが、国民からの大反発に遭って、現在はその制度は中止している。それ以降、世界中の大富豪がカネと心の安らぎを求められる地を探しているらしい。

リー家は、養父の時代からつきあいのある華僑《かきょう》一族で、鏑木もジョニーとは子どもの頃から親しかった。市長就任の直後、ジョニーから「君の都市《まち》を第二のシンガポールにしないかね。僕が世界中の金持ちを呼んできてあげるよ。だから、彼らに安心と快適さを提供する場所を作ってくれないか」という依頼があった。

そこで鏑木は、バブル時代に建設された鷹《たか》の森《もり》のリゾートホテルをＪＢＲに払い下げ、神秘的な日本を体験したがっている世界の金持ちに試験的に開放してくれとジョニーに頼んだ。

高天の自然は豊かで四季の変化も格別に美しいため、年間を通じて行楽客やハイカーが絶えない。また古代日本の遺跡が随所に点在するというのも魅力の一つだ。

ジョニーは大勢の〝友人〟や〝クライアント〟を招いた。そして、多くが高天のファンになった。

それに勢いを得た鏑木は、高天の沖合に浮かぶ周囲一〇キロほどの沼島という小島について、外国人富裕層に特別安く提供する経済特区の承認を国に求めていた。

既に総理から確約を得ており、そのプロジェクトがまもなく実現する。

分譲希望者には土地を提供するが、必ず一〇人以上の使用人の雇用を義務づける。また、衣服はもちろん家具から食品まであらゆる小売は一流ブランドの直営店だけを誘致する。それによって市民には雇用先とショッピングを楽しむ機会が与えられる――。

それが、沼島ハイランド構想だった。成功すれば、高天市は地方交付税と無縁の完全に自立した都市となる。

国に指図され、恩を着せられることもない。

「次郎、ついにここまで来たね」

「ジョニーのおかげだよ」

「相身互《あいみたが》いってやつだよ。それにしても、市長ってなんでもできちゃうんだね」

そうだ。政令指定都市なら市長は小国の国王なみの権力を手に入れられる。

「映画スターとか大物アーティストへの勧誘はどんな手応えなんだ？」

単なる金持ち島ではなく、バリューが欲しい。そこで香港やハリウッドの映画スターに、格安で高級別荘を提供しようと考えていた。

「香港は、男二人と女二人に話がついた。みんなトップスターだ。あと、韓国も数人。問題はハリウッドだけど、香港映画の人脈で当たっている。おかげで日本ファンの彼を捉まえられそうだよ」

ジョニーがスマートフォンにスターの肖像を呼び出して、こちらに示した。日本でも誰もが知っているスーパースターだった。

「こんな大物が⁉　すごいな」

「一度、お忍びでフォレスト・キャッスルに呼んだろ。あの時の印象が凄く良くて、別荘を作りたいと言っているらしい」

フォレスト・キャッスルというのが、鷹の森にあるリゾートホテルだ。

このプロジェクトが成功すれば、高天市は国から〝独立する〟ほどの財政力を手中にする。まさに王国誕生である。

そして今、その青写真がはっきりと現実味を帯びてきて、鏑木は武者震いした。

4

「おまえ、カメラの腕もいいな」

関口がテレビクルーに扮してモノにしてきた映像を、ノートパソコンで眺めていた聖は、素直に感心した。来月は、ボーナスをはずんでやらねば。

約束の時刻に遅れているため運転に集中している関口が、ルームミラー越しにこちらを見た。

「元々は映画監督志望だったんで」

それで、父親の遺産でビデオショップを開いたのか。

「飛ばさなくていいぞ。多少遅れても怒らん相手だ」

そう言ったが、関口はスピードを落とさなかった。

昨夜、高級カラオケ店で、ツェッペリンの「天国への階段」をシャウトしていた時に、あるアイデアが閃《ひらめ》いた。聖は弁護士の嶋岡を電話で呼び出して、計画のための根回しを命じた。そして嶋岡はすぐに幸子の承諾を取った。

車が霧笛地区に入った。

「よし、ここでいいぞ」

交差点で信号待ちになったので、聖は車から降りた。

幸子の執務室を訪ねると、彼女は不在だった。

秘書兼手話通訳の時原景子《ときはらけいこ》に居所を聞くと「稽古場にいらっしゃいます」と返された。

幸子の母親である紫乃が踊りの名手だったこともあって、霧笛楼には敷地内に稽古場がある。

本館と結ぶ渡り廊下を歩いていたら、お囃子《はやし》の音《ね》が聞こえてきた。大きな木の扉が開いていて、稽古の様子が窺えた。

幸子が稽古をつけているのは、先日、「語り場」で話をしていた女性だった。しなやかに動く姿はなかなかのものだ。歌と曲に合わせて華麗に舞っている。

突然、大きく手を叩く音がして舞台正面の椅子に座っていた幸子が立ち上がった。彼女は白いシャツにジーパンといういでたちだ。付き添う年配の女性が通訳している。

技術的なアドバイスらしいが、聖には用語がさっぱり分からない。

幸子が振り向いた。

〝まあ、いらっしゃい。選挙屋さん〟

「あっ、これはどうも。遅くなりまして」

〝ちょっと私も取り込んでいたので助かりました。隣の部屋でお話を伺ってもいいかしら〟

それで結構だと言うと、幸子は〝スマホがあるから、通訳しなくても大丈夫〟と弟子に伝えた。

一旦稽古場を出て、時原に案内され廊下を奥に進んだ。

そこに、六畳ほどの和室があった。

〝さて、確か、私を市長選挙に引きずり出したいというお話でしたわよね〟

「ある方からご依頼を受けて参りました。ぜひ市長選に出馬して戴きたい」

幸子はさして驚きもせず、ジーパンのポケットに挿していた扇子《せんす》を開いて煽ぎ出した。

〝どうして私が市長選なんかに出なくちゃならないの？〟

「鏑木市長を倒せる確率は、現状五％以下だと分析しています。では、その五％の可能性に賭けるために必要な候補の要素は何か。知名度、人を惹きつける力、そして、何より重要なのが、批判より代替案と現実的な未来展望を語れる力です」

〝全く同感です。でも、私にはいずれもないわよ〟

「私がお手伝いしたら、可能になります。あなたなら勝てると私は確信しているんです。その根拠は何か。

まず、あなたはアンチ鏑木派だと思われていますが、実は鏑木市政に対して真っ向から異を唱えたことはない」

扇子が畳《たた》まれ、縦に振られた。イエスという意味だろう。

「鏑木市政を称えながら、常により良い案を提案している。しかも、相手の案を否定するのではなく、選択肢を増やすというやり方だ。これは見事だ」

〝おっしゃるとおり、市全体を見ると鏑木市長はとてもよくやっておられると思っています。こんな素晴らしい市長は、そうはいない〟

「同感ではありますが、それは私にはどうでもいい話です。私は鏑木を倒したいという依頼を受けて動いている。私にとって重要なのはその一点のみです」

〝プロの発想ね。私もそういう考え方好きですよ〟

幸子は本当に良い顔で話す。腹の内はともかく、少なくとも話し相手は、彼女は善人だと思い込まされてしまう。

「鏑木市長と同じ土俵で闘っても勝ち目はない。あなたは、それをよくお分かりになっている。あなたのモットーは、争わないことだ。相手を認めた上で、自分の要求を呑ませる。その交渉術の極意を、うちの若いもんが撮影した映像からも拝見できました」

幸子が笑い声をあげた。低い声だが、良い声だ。

〝買い被りね。私は、ただ、過ぎたるは及ばざるがごとしという母の遺言を守っているだけ。中庸こそ美徳なの。無理な理想を求めて誰かに助けを乞うよりも、自力で生活を良くしましょうと考えているだけよ〟

思わず指を鳴らしてしまった。

「それこそが、鏑木次郎を倒せる唯一のスタンスです。本来は行政の義務である市民サービスは必要最小限にして、金持ちだけが暮らしやすい街を目指す――、それが鏑木の未来図です。ですが、彼を非難したり、弱者切り捨てだと叫んだところで、選挙には勝てません。なぜなら、これらの批判に共鳴するのは、選挙には関心がない層だからです」

扇子が何度も縦に振られている。

「鏑木次郎や彼の市政をいくら批判しても、より良き代替案が出せなければ、選挙には勝てません。しかしあなたは違う。代替案を自ら実践している」

〝でも、私のやっていることは些細《ささい》で地味よ〟

「市が全廃を予定している母子寮のうちの二カ所の運営に名乗りを挙げ、カネも集めるというプランは、実現性が高い。それに、これまでにもあなたが提案した事業は、ほぼすべて成果を上げている。つまり、ささやかではあるが、あなたが手がけると必ず成功するというモデルはいくつもある。こういう人が本気になると、市民が動きます」

〝ほんと、お上手ね。そうやって聞いていると、だんだん自分が凄腕に思えてくる〟

「遅れてすみません！」

ノックもせずに、関口が飛び込んできた。

デジカメとノートパソコンも持参している。

〝今日はご苦労様でした。上手に撮れましたか〟

「なんとか。短時間で編集したので粗いですが、まずは見てください」

関口がノートパソコンを操作し、幸子のほうに画面を向けた。

最後まで見終えると、幸子は嬉しそうに拍手した。

〝関口さん、素晴らしいドキュメンタリーをありがとう。早速、ウチのホームページにアップします。これで市は、無視できなくなると思います。本当にありがとう〟

関口が恐縮している。

「この交渉の通訳に小早川さんを起用されたのは、市役所に対してプレッシャーをかけたかったからでしょう。映像をもう一度よく見てください。あなたと小早川さんが二人並んで交渉している。この組み合わせは私には目からウロコでした。あなた方がタッグを組むと、一人ずつでは足りない迫力が生まれるんです」

関口が端的にそれが分かる画面を見せた。

〝そんなに迫力がありますか〟

「あります」

選挙に立候補するのは一人だが、幸子が立候補する場合には、選を専属通訳として雇うことが可能になる。

地に足の着いた活動をする女と、誠実だけが取り柄の高天一の御曹司――。この相乗効果は使える。

幸子は考え込んだまま何も言わない。痺れを切らしたらしい関口がもぞもぞして落ち着きがなくなった頃に、ようやく幸子の手が動いた。

〝分かりました。おもしろそうなので、やってみましょう〟

「では、市長選挙に出馬なさると理解してよろしいですか」

〝それ以外にどんな意味があるんですか。但し、選君が私の声になってくれないなら、この話はナシです〟

あとは選だ。彼を説得するのは、あまり難しくないという感触がある。

聖は立ち上がると、両手で幸子の手を握りしめた。

「ご快諾、ありがとうございます。不肖《ふしょう》聖達磨、この大勝負、必ずご期待にお応えします」

そう言いながら、一つだけ引っかかった。

幸子は一度も、誰が自分を推しているのかを尋ねなかったのだ。

第五章　声を上げる女

高天市長当選確率予想

1位　鏑木次郎　九五％
2位　黒松幸子　五％
3位　蓑田琢磨　〇％

市長選挙まであと三五〇日

【聖達磨事務所極秘文書】

1

「ふざけるのも、いい加減にしてください！」

選は、当確師を名乗る無礼な男の申し出に、思わず声を荒らげてしまった。

斎藤の胃ガンの精密検査の対応でへとへとになって大学病院を後にした直後、聖から「大至急、『さっちゃんち』へ来て欲しい」という電話があった。

聖だけなら無視も出来たが、「さっちゃんち」に来いと言われたらさすがに断れず、致し方なく従った。

相談室という座敷に通されたと思った途端、いきなり聖が「市長選出馬でお願いがある」と切り出してきた。「はっきりとお断りしたはずだ」と返すと、今度は「あなたを黒松幸子候補の専属手話通訳として雇いたい」と言い出したのだ。

「別にふざけているわけじゃない。これは、黒松さんの立候補の条件なんですよ」

なんだと……。

「ならば、どうして黒松さんがいらっしゃらないんです」

これ見よがしにため息をつかれた。

「それじゃ、お互い気まずいでしょう。あなたは断りにくくなるし、断ったら、黒松さんが傷つく。それに、彼女は優しい方だから、無理強《むりじ》いしたくないんですよ」

嫌みな言い方をする奴だ。

「僕が通訳をお断りしたら、彼女は市長選挙に出馬しないと？」

聖が大袈裟に指を鳴らして、人差し指をこちらに向けた。

「まさしく。つまり、高天市の未来はあなたに懸かっているんです」

聖はテーブルに置いていたノートパソコンを開くと、選のほうに向けた。

「それをまず見てください。いましがた、『さっちゃんち』の公式ホームページにアップした映像です」

言われるままに再生をクリックした。

〝まもなく始まる定例市議会で、市内にある母子寮七つがすべて取り壊されて、住民には市営住宅の空き家を安く斡旋する計画だと聞きました〟

今朝、彼女の通訳をした時の映像だった。

「これを拝見しても、私には黒松さんが私に固執する理由が分かりませんが」

「強い意志と実行力を持つ首長のワンマン市政を許すと、市民は受け身になるばかりで何も考えなくなる。それは、いいことではない、と黒松さんは考えていらっしゃいます。鏑木市政は素晴らしいが、あまりにも市長の存在感がありすぎる。それほど強いリーダーではなく、市民と共に考え行動する人が、高天のような規模の市には相応しいとおっしゃっています。でも、それを訴えるにしても黒松さんは声がない。だから、思いを一《いつ》にしているあなたに、自分の声になって欲しいと願っていらっしゃいます」

「僕を巻き込むのは、鏑木市長の義弟であり、小早川グループの一族だからじゃないんですか」

「だったら、何か問題があるんですか」

今朝の都市革新化室長との交渉のために通訳を依頼してきたのも、そういう目的があった。つまり、市長の義弟で小早川一族の御曹司だというブランドを利用するために呼ばれたのだ。

幸子の戦略は見事に奏功した。市の職員は明らかに選の存在に怯えていた。

侮辱《ぶじょく》だと思った。

交渉後に幸子に抗議したが、彼女は全く動じなかった。

――無茶苦茶失礼なことをしているのは重々承知しているのよ。でも、行政に本気で取り組んでもらうためには、最善の策だった。だから、怒らないで。

その瞬間、幸子を怖い人だと思った。

「何をためらっているんです。鏑木市長の暴走はあなたも危惧していたでしょう。それを止められるチャンスなんですよ。ただ、主役はあなたではない。それが嫌なんですか」

「というか、僕が、通訳になったたって、勝てる保証はないでしょ」

「誰も、そんなことは言ってませんよ。つまり、あなたは勝てると確信できなければ、何もしないという意味ですか」

聖のデリカシーのない言い方は腹立たしかった。

「はっきり言いましょう。勝てるかどうかは分からない。だが、あなたの協力がなければ、勝つ確率は三％以下です」

「僕が手伝えば、それが上がると？」

「格段に」

チェックメイト――聖の目がそう言っている。選も自覚している。

ここで逃げれば、一生後悔するだろう。つまらないプライドをかなぐり捨て、市長の義弟で小早川グループの御曹司であることを武器にして、あの男を叩き潰す。その最初で最後のチャンスから逃げるのか……。

「僕は昨日、市長と若い世代が市の将来を考える未来会議の座長就任を受諾しました。そんな人間が、敵対候補の通訳でいいんですか」

また、聖の指が鳴った。いちいちうるさい。

「素晴らしい。ますます確率が上がったな。未来会議の座長は絶対に引き受けてください。それは、市長の喉元に突きつけられた匕首《あいくち》になる」

勝手なことを。

「実は先程、あなたのお姉さんがいらして、黒松さんに、市の福祉担当補佐官になって欲しいとお願いをされました。黒松さんは二つ返事で応諾しましたよ」

完全に聖の術中に嵌まっている。

「返事をする前に、黒松さんに会わせてください。彼女から直接気持ちを聞いて考えます」

お安いご用だと、聖は席を立つと、すぐに幸子を連れて戻ってきた。

〝選君、私のわがままを聞いてくださってありがとう。心から感謝します〟

そして彼女は選を抱きしめた。

「黒松さん、本当に、僕があなたの声になることを望んでらっしゃるんですか」

幸子の手がゆっくりと動いた。

〝切望している〟

2

ジョニーとの会食がお開きになろうとした時、妻からメールが来た。

〈幸子が補佐官を受けてくれるそうです。瑞穂〉

どうやらジョニーは、福の神のようだ。彼が来日してから朗報ばかりが続く。

鏑木のシンパである若い投資家たちとの会食で上機嫌になったジョニーが、「もう一軒、どこかに連れて行ってくれよ」と言った。鏑木は廊下に控えていた私設秘書の岩木に目配せすると、「貸し切りの状態で準備万端」と耳元で岩木が囁いた。

高天一の高級クラブ「華炎《かえん》」を、貸し切れと命じていたのだ。

その時、スマートフォンがメールの受信を告げた。三枝操だった。

無視したいところだったが、サブジェクトが「緊急事態！」とあったため、メールを開いた。

〈聖の擁立する人物が判明しました！

大至急ご相談したいので、今、いらっしゃるレストランの個室でお待ちしています〉

投資家らと雑談しているジョニーに気づかれないよう岩木を呼んだ。

「選挙コンサルタントの三枝が、来ているのか」

「あちらにいらっしゃいます」

ロビーを挟んだ向こうの一番奥まった部屋を指さした。

「緊急の用件らしい。先に『華炎』に向かってくれ」

「私が同席しなくても大丈夫ですか」

どんな時も影のように付き従う岩木が心配そうに尋ねた。

「大丈夫だ。それより、ジョニーをたっぷり楽しませてやってくれ」

鏑木は、談笑を続けているジョニーに近づいた。

「ジョニー、ちょっと急用が出来た。すぐに追いかけるから、先に行っててくれ」

「なんだ次郎、おまえは働きすぎだぞ。仕事なら、もう明日にしろ」

すっかりご機嫌になっている親友の背中を軽く叩いて、鏑木は三枝の待つ部屋に向かった。

三枝は独りでサラダをつつき、ワインを飲んでいた。鏑木が現れても慌てる様子はなく、平然と食事を続けている。

「すみません、今日の一食目なんです。このままお話しします」

「お互い忙しいんだ。メールで伝えてくれたら済むのに」

「市長、メールはハッキングされやすいんです」

鏑木は不快感を隠そうともせずに、正面の席に座った。

「飲まれますか？　ボルドーのカベルネ、なかなかいけますよ」

「いらん。勿体《もったい》つけずにさっさと用件に入ってくれ」

三枝はあからさまに眉をひそめて、口元をナプキンで拭いた。

「聖は黒松幸子を擁立する模様です」

「バカな。黒松は今日、福祉担当補佐官就任を承諾したぞ。つまり私の側近になるんだ。そんな人が、なぜ市長選挙に出るんだ」

「全然、不思議じゃないですけど」

「おまえ、わかってるのか。市長選挙に出るというのは、私に敵対するという意味だぞ」

「補佐官という立場で市政を内部からチェックし、良きタイミングで、市長の政策には問題が多すぎるので市長選挙出馬を決めたと言えば、自然じゃないですか」

「それは裏切り行為じゃないか。イメージが悪すぎるだろ」

この女は、頭がおかしいんじゃないのか。

「そのあたりは、聖は実に巧妙に、義は我にありというストーリーを作り上げますよ」

あまりに不快な話なので、鏑木はグラスにワインをなみなみと注いで、一気に喉に流し込んだ。

「情報源はどこだ」

「『さっちゃんち』にスパイを潜り込ませているんです」

「昨日の今日で、スパイとは。やけに手回しが良いじゃないか」

「ご冗談を。一ヶ月前から潜り込ませています。もちろん選さんのＮＰＯにも同様にね」

「そんな話、初めて聞く」

「選挙コンサルとしては基本中の基本の仕事です。出馬の可能性のある人、あるいはできれば立候補して欲しくない人物の事務所には、ひとまず人を入れるもんです」

こういうところは用意周到で、万事そつがない。だから重宝するのだが。

「じゃあ、蓑田のところにも？」

「あそこは三日前に引き上げました。彼の勝率はゼロだと判断したんで」

「それで黒松出馬は確かなのか」

「黒松さんと聖の間で、そのような会話があったそうです。ウチのスパイが『さっちゃんち』の幹部にそれとなく尋ねたら、そんな噂を信じるなと叱責されたようです。出馬に興味がなければ、叱られる必要もないはずです」

にわかには信じ難いな。

「家内の話では、聖は選君を口説いていたそうだぞ。もちろん、彼は断っているがね」

「そのカードが、不気味なんですよねえ」

「どういうことだ。意味が分からないぞ」

「選さんも、夕刻に『さっちゃんち』に呼ばれているんです。そして、聖とも会っている」

だとすれば、やっぱり出馬するのは選じゃないのか。尤も選に出馬されても厄介なのは変わらない。そして、選もまた、未来会議の座長を引き受けると連絡してきている。

一体どうなっている。

3

「あなた、それでいいの？」

コードレスフォンから聞こえてくる姉の声は、いつにも増して冷たかった。

「それでって？」

「どうせなら、あなたが次郎に挑んで欲しかった」

選は耳を疑ってしまった。

「姉さん、何言ってるんだ？　それって、つまり次郎義兄《にい》さんを市長として支持していないっていう意味？」

「そうじゃない。私と次郎は運命共同体よ。でも、同時にあなたの姉でもある。私はあなたに小早川家の益荒男《ますらお》であることを証明して欲しい」

姉は時々古めかしい言葉を使う。高天市の守り神と呼ばれている雷神宮の氏子総代なのだから、致し方ないのかも知れないが、さすがに益荒男とは、思わず笑ってしまった。

「笑い事じゃないわよ、選。あなたは、ずっとそうやってフラフラしながら生きるの？　貧乏人に施して、ボランティアとして汗を流す充実感、そして、新聞に義兄を罵倒する投稿を寄せる、その程度で満足するの？」

今日の姉は辛辣《しんらつ》だった。酒でも飲んだのだろうか……。だが全て反論できないことばかりだ。

「情けない弟で申し訳ない」

「ほんと」

最終便であろう飛行機が海岸沿いの高天国際空港に着陸するのが見えた。母が遺したタワーマンションの五三階に住んでいると、飛行機が遠い下界へ降下していくように見える。ここは天上の世界だ。

「姉さん、もしかして僕を挑発している？」

「挑発して奮起する子なら、さっさとしているわ。でも、あなたはせいぜい拗《す》ねるだけでしよ」

「姉さん、何かあったの？　ちょっと変だよ」

「私は、弱い男は嫌いなの。言い訳する男も、闘わない男もね。何より嫌いなのは、能力があるのに、それを試す勇気のない男」

それがおまえだと言いたいわけか……。

選はブッシュミルズを一息で飲み干した。

これ以上の議論はよそう。

「いずれにしても、そういう事情だから未来会議の座長は辞退します」

「そうするよう幸子に言われたの？」

「あくまでも僕の意思です」

軽蔑と分かるため息が漏れた。

「それって、青臭い正義感なの？　それともフェアプレイ精神？」

「というより、常識的な判断です。市長に反旗を翻す人の通訳をやる以上、彼の肝いりの審議会の座長を務めるなんてありえないでしょ」

「どうして？　座長であるあなたが、市長選挙で対立候補の専属通訳となったら、次郎には大きな痛手になるわよ。そのチャンスをみすみす逃すの？」

「チャンスなんかじゃないよ。身内と争い合うなんてごめんだ」

「おめでたい男ね。それじゃ、幸子からも引導を渡されるわよ。選挙は、現職が絶対的に強いの。しかも、鏑木の支持層は盤石よ。そんな相手に、きれい事で勝てると思う？」

もしかして姉は夫を倒せと言ってるのか。

「僕がそんなことをしたら、姉さんは困るでしょ」

「バカね、ハンデをあげてるだけよ。私は次郎に必死になって欲しいの。それぐらい追い込まなくちゃ次郎は本気を出さない。だから、彼に追い出されるまで、堂々と座長を務めなさい」

何の断りもなく、電話が切られた。

途端に、静寂が重圧のように襲ってきた。

こんな展開は予想していなかった。

大切なのは、どういう闘い方をするかではない。勝つことだと、当確師が繰り返し言っていた。

だが、姉に「座長であるあなたが、市長選挙で対立候補の専属通訳となったら、次郎には大きな痛手になるわよ。そのチャンスをみすみす逃すの？」と言われた時に、激しく動揺した。この期に及んでも、お行儀良くフェアプレイさえしていれば、結果なんてどうでもいいという甘ったれた言い訳にしがみつこうとしていた自分に気づいたからだ。

選は、スマートフォンで姉にメールした。

〈姉さんの言葉が身に染みたよ。

座長はやめないよ。　　　　　　　　　　　選〉

4

黒松幸子の市長選専属手話通訳を引き受けてから三日後の午前、選は市庁舎の記者会見室の壇上にいた。今月末から始まる未来会議の主要メンバーが発表され、各人が決意表明をするのだ。

「座長を務めてくださるのは、ＮＰＯ法人なかまネット代表の小早川選さんです。小早川さんは東京大学卒業後にオックスフォード大学に留学し、英国やアメリカでも市民の政治参加について学ばれています。研究のみならず、各国でのフィールドワークのご経験も豊富です。その知識をぜひ生かしていただきたいと期待しています」

市長直々の紹介のあと、カメラの放列と向き合いながら、選は立ち上がった。

「ご紹介にあずかりました小早川です。この会議では、若い世代が主役です。私は座長というより顧問というような立場で、自由闊達《かったつ》な意見を引き出したいと思います」

すこぶる無難な決意表明だった。

質疑応答に入ると、まず飛んできたのが暁光新聞での市長批判の件だ。そんな人物がなぜ市長に協力する気になったのかという、やや悪意が感じられる質問だった。

「文句を言うなら、おまえやってみろよ。寄稿した直後から、そういうお叱りをたくさん戴きました。全く同感です。そこで、市長からご指名を戴いた時、自らも行動を起こさねばと決意し、お受けしました」

このあたりは、当確師から想定問答集を渡され、答弁を頭に叩き込んできた。

別の記者が質問に立ち、高天市の未来を考える中で、最も取り組まなければならない課題とは何かと尋ねた。

「生き甲斐のある生活ができるまちづくりでしょうか」

「かなり抽象的ですが、それは失業率を下げるという意味ですか。あるいは、年収を上げるとか」

そうじゃない。どう言えば、うまく伝わるのだろう……。

「今の高天市は、全国的に見ても失業率が低い。ただ、若い世代は生きるための糧《かて》を稼ぐだけのような仕事に就いてる人が多いんです。楽しいとかやりがいを感じて働いている人は少ないと思います。もちろん年収を上げることも重要ですが、仕事に満足しながら高収入が得られるという職をもっと増やしたいんです。そういう意味で仕事の質を上げなければなりません」

甘いな、甘すぎる……。

選の回答に、鏑木は虫酸《むしず》が走った。この男は、労働の意味が分かっているのだろうか。莫大な遺産に頼るばかりで、まともに働いたことも、生活苦の辛さも知らない男が、生活や仕事の質を上げるだと。片腹痛いわ。

こんな奴が、未来会議の座長では、答申は絵空事に終わるだろう。鏑木は、選の隣に座っている柄澤を見た。彼は、鏑木と同様に子どもの頃から苦労し、這い上がってきた。高校や大学は様々な奨学金や支援を受け卒業した。だからこそ、恩恵を享受しながら生ぬるい偽善に陶酔する高天の名家に対して、柄澤は強い嫌悪を抱いている。

選の話を聞くのすら苦痛だと全身で表わしている。

そうだ修一、こんなおぼっちゃまの絵空事など、おまえが叩き潰してやれ。

働かざる者食うべからず——。

高天市の未来に必要なのは、そういう厳しさなのだ。

別の記者が手を上げた。

「小早川さんは、次期市長選挙に出馬されるという噂がありますが、実際にはどうなんですか」

地元高天新聞の市政担当の若い記者だった。鏑木が、高天新聞の編集局長に頼んで仕込ませた質問だ。

選は苦笑いを浮かべた。

「どこから出た噂ですか。そんな話は初めて聞きます。それが事実なら、僕は相当大胆な男ですよね。だって、僕を座長に推薦してくださった市長は義理の兄でもあるわけですから」

いきなり選が意味ありげに視線を向けてきた。しかも余裕を漂わせ、微笑んでいやがる。

こいつ、やはり何か企んでいるな。

いつも探るような目でこちらを見て空気ばかり読んでいた腰抜けのくせに。

ふざけやがって。

「いや選君、鏑木市政に異議あり！　と思われたら、ぜひ市長選挙に出てくれたまえ。その時は、受けて立つよ」

思わず口を衝《つ》いて出た。

「市長、それは三選出馬表明だと受け取ってよろしいですか」

別の記者がすかさず確認してきた。

「まあ、それは改めて。未来会議の諸君には、それぐらいの心意気で臨んで戴きたいという意味だと思ってください」

「小早川さん、市長にここまで言われているんです。正直にお答えくださいよ」

先程の高天新聞の記者が尋ねた。

「正直もなにも、ご覧の通りです。猛獣に一睨みされたらすくみ上がってしまうようなひ弱な私では、とても太刀打《たちう》ちできませんよ。それにとにかく今は、未来会議座長という大役の重圧に押し潰されないようにするので精一杯です」


その日の午後一時に行われた黒松幸子の福祉担当補佐官就任の記者会見にも鏑木は出席した。

高天市は記者クラブ制度を敷いていたが、記者会見に関しては非クラブ員の出席を認めていた。さらに会見室の最後部を傍聴席として市民に開放していた。そこがすし詰め状態だった。

この日の幸子の服装も、いつもと変わらず、NPOのオリジナルTシャツに濃紺のブレザーを羽織り、ジーパンというラフなものだった。幸子には、まったく緊張した様子もない。

この日の手話通訳は秘書の時原が務めるようだ。

未来会議とは比べものにならない数のマスコミが、一斉にその様子をカメラに収めた。

「本日、高天市は市民の社会福祉サービスの向上と活性化のためのアドバイザーとして、NPO法人、MUTEKIの代表である黒松幸子さんを市長の福祉担当補佐官に任命致しました。ご存じのように、黒松さんは、かつては料亭だった旧霧笛楼を拠点に市民の駆け込み寺的な活動をされています。

また、米国コロンビア大学で政治学博士号を取得されており、欧米の地方行政や社会福祉行政にも通じておられることから、ぜひ私の右腕となって、様々なアドバイスを戴ければと思い、お願いした次第です」

鏑木が紹介すると、幸子は美しい身のこなしで立ち上がった。一歩下がって時原が続く。

幸子は会場を見渡してから、深々と頭を下げた。舞踊で大舞台に慣れているのか、マスコミのカメラの放列にも平然と微笑みを返している。

〝ただいまご紹介にあずかりました黒松幸子と申します。このたびは、鏑木市長からご指名を受けて高天市福祉担当補佐官を拝命しました。正直驚いています〟

市民席から声援が飛んだ。

〝市長は、『高天市が良くなるための素晴らしい提案だ』とおっしゃって、これまでも多くの無理を聞いてくださいました。そして、今度は、もっと積極的な提案をして欲しいと、あろうことか福祉担当補佐官にご指名くださいました。鏑木市長は本当に器が大きく、懐の深い方です。市長のご期待に沿うべく、粉骨砕身、頑張りたいと思います〟

これは褒め殺しのつもりなのか。ここまで持ち上げられると気味が悪い。

鏑木らが会見席に落ち着くと、質疑応答が始まった。暁光新聞の市政担当キャップが手を上げた。鏑木を蛇蝎《だかつ》のごとく嫌っている男だ。

「黒松さんは、生活保護を必要とされている市民の支援にも熱心です。しかし、高天市は『生活保護水際作戦』と銘打ち、生活保護を受けている市民の比率がこの五年、政令指定都市中最低となっています。補佐官になられたことで、従来の支援活動に支障はありませんか」

会場が広く人が多いので、さすがに幸子も読唇術が難しいようで、時原が逐一手話通訳している。

〝生活保護の受給問題については、社会福祉局とじっくりとお話をしたいと思っています。ただ、支給の厳格化は当然だと思います。その一方で申請する側の知識不足の結果、苦しい生活を余儀なくされている方がいる。そういう方には、しっかりとした支援が必要だと考えています。この姿勢は今後も変えるつもりはありません。むしろ福祉担当補佐官になったことで、より良い支援の提案ができると思っています〟

幸子は、舞台の上で映える。

傍聴席の最後列から記者会見の様子を眺めていた聖は、幸子の堂々とした会見の態度に感心していた。記者の問いに対して〝争わない闘士〟をしっかりと印象づけている。

彼女には驚かされることばかりだ。

あれほどあっさりと市長選出馬を受けるとは思わなかったし、選の通訳の効果もすぐに理解した。

出馬表明をするまでは、補佐官を務めるつもりだと当然のように言った。一方の小早川が難色を示し、未来会議の座長は辞退すると言い張っていたのとは対照的だった。

ただ、これは諸刃《もろは》の剣《つるぎ》だ。市長選挙に出馬表明した段階で、裏切り行為と非難を浴びる可能性がある。

「黒松さんは、来秋の市長選挙に出馬されるという噂があるのですが」

高天新聞の若い記者の質問で、聖の思考は中断した。午前中の未来会議の時にも、同じ質問をした記者だ。おそらくは、鏑木が仕込んだのだろう。

〝初耳です。というか、ご質問の根拠はなんですか〟

「あなたは、鏑木市政を堂々と批判し、多くの反鏑木派から支援を受けているじゃないですか」

〝私は、どんなことでも堂々と発言しますよ。たとえば、高天新聞が主催する夏の花火大会で、子どもの安全対策が杜撰《ずさん》だった時はすぐに抗議しました。また、ウチの近所に出来たラーメン屋が、「高天市で二番目においしい店」っていう看板を出したので、「じゃあ一番はどこ?」って堂々と尋ねましたよ〟

会場に笑いが広がった。さらに、幸子は続けた。

〝それと、私が主宰するNPOの趣旨や活動に共鳴してくださる支援者は皆、大切な方ばかりです。その人たちが、鏑木市長を支援しているか、反対派かなんて、いちいち尋ねる必要もないでしょう。

それとも、高天新聞は、新聞を購読してもらう時に、鏑木市長を支援していますかって確認するんですか〟

痛烈な皮肉に、若い記者は黙って座るしかなかった。

会見はそこで終わった。

聖は、撮影を続けている関口にメールを送った。

〈俺たちは、いったん東京に帰る。あとはしっかり頼むぞ〉

当分は高天に用はない。関口だけ残して、全員東京に引き上げる。

会場を出ようとした時、会場の片隅で鏑木市長夫人がじっとひな壇を見つめているのに気づいた。

さて、彼女はどんな心境なのだろうか。

ひな壇から降りたところで、鏑木は目で合図して岩木を呼び寄せた。

「選同様、黒松も二四時間態勢で監視するんだ。オフィス、自宅を含めて全てに盗聴器を仕掛けろ。スキャンダルを探せ」

声を発することのできない女の周辺に盗聴器を仕掛けても無意味かと思ったが、彼女が話せなくても、周囲の者は彼女に話しかける。盗聴の価値は充分あるだろう。

岩木が頷いた時、視線を感じた。周囲に目を走らせると、幸子がこちらを見ていた。

第六章　かき乱す男

高天市長に相応しい人物アンケート

1位　鏑木次郎　六三・三%
2位　黒松幸子　二四・〇%
3位　小早川選　五・七%
4位　蓑田琢磨　二・八%
5位　鏑木瑞穂　二・二%

市長選挙まであと二七〇日

【高天新聞調べ】

高天市長になって欲しい人物ランキング

1位　鏑木次郎　五四％
2位　黒松幸子　三九％
3位　蓑田琢磨　三％
4位　小早川選　二％

市長選挙まであと二六七日

【高天テレビ調べ】

1

聖は毎年、年末年始は家族三人でハワイで過ごしている。家族といっても、離婚した元妻と、妻と暮らしている高校生の娘という組み合わせだが。

これは離婚する時に娘と交わした約束事で、年に二度、年末年始と娘の誕生日である五月四日は、家族水入らずで過ごすことになっていた。それもハワイでと決まっている。

高天市長選挙を控えているので、この正月は見送りたかったが、娘の命令は絶対だった。

午前二時、二人が眠りに落ちたのを見計らって、聖はベランダに出た。潮風が気持ちいい。

タバコを一本吸い終わったのを見計らったように、スマートフォンが振動した。

〈夜分にすみません〉

関口だった。

〈先ほどメールした件ですが〉

「悪い、読んでないよ。何かあったか？」

念のために窓越しに室内の様子を確認した。二人ともすっかり寝入っている。

〈明日の東洋新聞の朝刊で、高天市が所有する島を中国人の富豪に売り払うというスクープが出るそうです〉

凄いぞ俊哉、あんな与太話《よたばなし》をちゃんとカタチにしたんだな。

鏑木が三期目に向けた目玉として、高天湾に浮かぶ沼島という島を、外国人富裕層対象の経済特区として開発するらしいという情報を、碓氷が摑んできた。

既に政府の内諾も得ているらしく、政権が強力に推し進めている観光立国の重点事業として期待されている。

この開発には、鏑木市長の息の掛かったデベロッパーや不動産企業などが参画しているのだが、顧客集めは香港系華僑が協力しているのだという。

それについて、地元の一部から「鏑木はリゾート開発という名目で、中国人に市有地を売ろうとしている」という怒りの声が上がっている。

ごく限られた国粋主義的な人物と、反鏑木派が流している噂のようだが、鏑木への攻撃情報としては面白そうだと、聖は判断した。

そこで、さりげなく、マスコミにそういう情報を提供するよう碓氷に命じた。

それに東洋新聞が乗ってくれた。

「で、用件はなんだ」

〈碓氷さんからの伝言です。でも市長は血相変えて記事を握り潰そうと躍起になっているようだと〉

結構。よほど重要なプロジェクトだからこそ、ケチをつけられたことに鏑木は激怒しているのだ。

鏑木さん、新年早々、不機嫌な正月を迎えてくれ。新聞は簡単には記事を引き下げてくれない。

「ところで小早川氏は元気か？」

〈最近、ようやく市長の目を見て話せるようになったと言ってました。なんだか、すごく初心《うぶ》な人ですね。僕ですらびっくりしちゃいますよ〉

おまえと比べるな。だが、そんな初心な奴が、嫌いな相手の目を見て話せるようになったのなら、大成長だ。

「黒松のほうはどうだ」

〈相変わらずマイペースです。今日も、『さっちゃんち』でどんちゃん騒ぎして、大晦日《おおみそか》を楽しんでます。明日の早朝は、雷山にご来光を拝みに行くそうです〉

「おまえも行ってこいよ」

〈えっ、まじっすか。幸子さんに、明日は運転手はいらないって言われたんですが〉

「悪いが、おまえのボスはさっちゃんじゃなくて、俺だ。ご来光に行け。そして、ビデオカメラも忘れずにな」

太平洋を渡って聞こえるほどの大きなため息が聞こえた。

〈最近、ますます人使い荒いですよね〉

「すまんなあ、人手不足なんだ。だが、安心しろ。ボーナスをはずむから」

〈今の言葉、録音しておきましたから〉

聖は高笑いして電話を切った。そして、碓氷にメールで〈good job!!〉と送った。

「なんだかご機嫌じゃないの？　いいことでもあった？」

背後から元妻に声をかけられて、本気で驚いた。

「おまえな、猫のような忍び足で背後から迫るの、やめてくれないか」

「別に私は普通に歩いてるわよ。それより、〈good job!!〉って、何？」

「人のメールを盗み見するな。企業秘密だ。俺は寝るぞ」

だが、操は肘を摑んで離さない。

「おそらく高天市関係だと私は見るけど、まあいいわ。それより、一体誰を擁立するの」

操はタバコに火をつけた。

「私は黒松幸子を市長候補に、そして、小早川選を専属通訳にすると見ているんだけど」

さすが、俺の一番弟子だ。いい目をしている。

「残念だけど、あそこの選挙はやるだけ無駄よ。久しぶりにあなたのキャリアに傷がつく」

「俺は負ける選挙はやらない。あしからず」

癪《しゃく》な話だが、操の指摘は正しい。あの程度のスクープでは、幸子の支持率はさして上がらない。今の状況だと、楽にダブルスコア以上の差をつけられて敗北する。

もっと手を打たなければ。そして、鏑木陣営にプレッシャーをかけて何度かミスを犯してもらわねばならない。

2

二月に入ったその日、聖は「政務多忙につき」となかなか時間を作ろうとしなかった大國代議士とホテルの一室で昼食を共にした。

「このままでは、黒松さんの当選はおぼつかない。少なくとも先生の基盤や組織票を回してもらわないと」

豪華な松花堂《しょうかどう》弁当を食べている大國の手が止まった。

「それは、難しいなあ」

「あなたは鏑木市長を倒したいんでしょ。ならば、なりふり構わず票を積み上げないと勝てませんよ」

「言っていることは分かるよ。でもさ、僕の票田と鏑木市長の票田ってかぶるんだよね。しかも、どちらかというと彼の影響力のほうが大きいんだ」

「それでどうやって、現職の市長を倒すんです」

「そんなこと聞かないでよ。簡単に勝てる選挙なら、あなたを雇わないよ」

このおっさんは屁理屈《へりくつ》は達者だが、自らはなかなか行動しない。

「じゃあ、少なくとも先生の独自票は全部くださいよ」

「それがどれぐらいあるか、タッちゃんのほうがよく知ってるでしょう」

前回の衆院選挙での大國議員の得票は、八万二〇〇〇票余り。これは、市長選挙の当選に必要な最低ラインの六分の一にも満たない。

市長選挙よりもはるかに少ない票で、国会議員になれるわけだ。

大國自身が言う通り、彼の基盤を支える得票のうち約五万票は鏑木の支持層でもある。そして大國自身が持っている組織票は一万票ほどしかない。残りは浮動票だ。

この程度では、さしたる積み上げにならない。

「アンチ鏑木派と目される市議が、去年の一一月に三人当選している。それを積み上げられるでしょ」

だとしても、せいぜいが三万だ。

鏑木に到底太刀打ちできない。

現在のところ、鏑木は三選出馬を正式には表明していないが、出馬となれば、共産党を除く全ての政党と会派が鏑木を支持するとみられている。それに対抗するためには、できれば二党ぐらいはぶんどらないと勝負にならない。

残るは、高天博愛会と呼ばれる政治集団だ。バックは聖パトリック教団を有する新興キリスト教系の教会ネットワークだった。

古くから貿易都市として栄え、明治維新後には横浜、神戸と並ぶ西欧諸国との窓口であった歴史を持つ高天にはカトリック信者が少なくない。高天発祥の総合商社二社の創業者が、いずれも敬虔《けいけん》なクリスチャンで、地元にミッション系の教育施設を多数建設した。

高天博愛会はその母体であり、現在市議に七人、さらに県議も二人輩出している。

幸子は無神論者だが、彼女の母親は毎週のミサを欠かさない信者だったらしく、聖パトリック教団との繋がりも深い。

「せめて博愛会は味方に引き入れたいんだけれど、可能性はどう思いますか」

「限りなくゼロに近いね。紫乃さんが存命ならまだしも、さっちゃんはあまり関わってないでしょ。一方の鏑木市長はあそこの養護施設の出身であるだけではなく、博愛会の現理事長とは親友ときている」

だとすると、やはり手持ちのカードを次々と切って揺さぶらなければならないか……。

それにしても、依頼者のくせに、こんなに非協力的なのは珍しい。

「先生、そろそろ腹を割ってお話しください。それなりに仲良くやってきた鏑木市長をなぜ叩き潰したいんです」

大國は筍《たけのこ》の煮物を口に運ぶと、おもむろに箸《はし》を置いた。

「この七年で彼はどんどん傲慢になり、独裁者になりつつある。故郷をそんな男に委ねるわけにはいかない」

それは、依頼時から大國が何度も繰り返していることだ。時に総理を相手に青臭い正義感を貫く五〇男のいかにも言いそうなことではある。しかし、その割には熱がなさすぎるのだ。

「それは理由の一つでしょう。他にもあるはずです」

余裕の表情を浮かべていた大國が顔をしかめた。

「高天市が、首都機能補完都市に選ばれたのは知ってるよね」

いきなり話題が変わった。

「我が地元が、言ってみれば副首都に選ばれたわけだから、私としても喜ぶべき事だ。だがね、鏑木は選定と同時に、県庁と県知事を追い出した」

首都機能補完都市に名乗りを上げるためには、住民投票が必要だった。その際に鏑木は、県庁を隣接市に移設し、その跡地に首都機能補完施設を建設すべきだという提案も同時に住民投票にかけたのだ。

通常、県庁所在都市であることは、政令指定都市にとっても大きな意味を持つ。だが、鏑木は高天市政にはさしたる影響もないのに、県が一等地に広大な敷地の県庁舎を構えているのを問題視していた。そこで市民に訴えて、県庁の排除に成功したのだ。

「あの住民投票によって知事の存在感は一気に低下した。鏑木が初出馬した七年前、すぐに鏑木の支援を表明したのは、現知事だ。いわば恩人を奴は追放したんだ」

かつて大阪府と大阪市の間でも大きな問題とされたように、実のところ政令指定都市と道府県の関係は歪《いびつ》だ。道府県の中心地であり、県庁所在都市でありながら、行政的には独立しているために、政令指定都市の意向を気にしながら道府県知事は行政を行わなければならない。人口も産業も政令指定都市が、その道府県の中で圧倒的な存在感を示しているからだ。とはいえ、インフラや行政サービスの面で、道府県とのしがらみがあり、露骨に無視はできないのだ。

本音を言えば、政令指定都市は完全に道府県から独立したいのだが、現在の日本の地方自治制度では、相当の力業《ちからわざ》が必要だった。

そこで鏑木は、県庁を市外に追放するという荒技に出たのだ。

「僕はね、知事と大学時代からの友人なんです。だから、県庁を市外に追い出すような蛮行はやめるべきだと強く鏑木君に訴えた。そうしたら、彼は激怒した。そして、次の衆院選挙では、僕を支援しないだけでなく、息のかかった候補を擁立するとまで言ったんだ」

組織票の大半を鏑木に頼っている大國にとって、それは政治家としての死を意味していた。

「じゃあ、知事もあなたの企みを知っているんですね」

大國は素直に認めた。

鏑木に対する「謀反」の黒幕は知事ということか。

「いや知事じゃないな。本当の黒幕は誰です？」

「そんなものは、いやしないよ。僕と知事の二人が君に頼んでいる」

下手な小芝居しやがって。

「大國先生、ご自身の発言をお忘れですか。あなたは最初、カネの心配は不要だ。自分のカネではないが、資金は潤沢《じゅんたく》にあるとおっしゃった。だが、あなたも知事もそんなカネは持っていない」

大國は両手で持った湯飲み茶碗を覗き込んでいる。

「黒幕は、小早川グループの誰かですか」

「いや、それは違うよ」

即答か。ますます怪しい。

「じゃあ、どなたです？」

「鏑木次郎を快く思っていない財界人ということで許してくれないか」

「そんなに曖昧では困ります。黒松さんを擁立するに当たって、高天市内に大量の勝手連事務局を立ち上げます。そういう費用を捻出する必要があります。それに、鏑木市長だって少しでも不安要素が見つかれば、全力で潰しにきますよ」

　先程まで、なんでもすらすらしゃべっていた大國の口が突然重くなった。彼は俯いたきり、目を合わせようともしない。

「鏑木市長は、脱小早川グループを図っているそうですね。香港のリー氏を巻き込んだ沼島の開発では、小早川グループを外したそうじゃないですか」

「私は何も聞いていない」

　そういう大國の表情は反対のことを言っている。

「鏑木市長と奥様との関係が悪くなったという話は聞かない。だが、彼は『男として』自立したいそうですね。妻の実家に経済的に依存するのはふがいないと思っているとか。しかし、奥様は別のことを考えているのでは」

　鏑木はこの数年、自らの取り巻き企業の数を増やし、小早川グループからの支援がなくても、楽に政治活動が出来るだけの集金力をつけたと、碓氷が調べあげている。

「あの二人が有名なおしどり夫婦なのは、君も知っているだろう」

「そういうイメージの夫婦に限って、不仲という現実もよく知っています」

「とにかく、この選挙に瑞穂さんは無関係だ」

「ならば、対立候補の一人に、鏑木瑞穂の名を挙げたのはなぜですか。あなたや知事にそんな発想があるとは思えませんが。そもそもあの三人を選定したのも、あなたや知事じゃないと私は見ています」

大國が挙げた三人の候補者は、対抗馬としては魅力的だが、政治の常識にどっぷりと浸かり、地元のしがらみに縛られた連中が選ぶ顔ぶれではなかった。

あれは、勝つためにはすべてをかなぐり捨てると腹を括った策士にしか選べない。

「タッちゃん、私たちを見損なっていやしないか」

「見損なってるのではありません。私が、あなたの思考回路を熟知しているだけです。それに知事とあの三人は、何の接点もない」

知事は、総務省出身のキャリア官僚で、総務省から副知事として出向するまで地縁もなかった。

「悪いが、私が君に話せることは何もないよ」

少なくとも否定をやめたというのが、大國の最大限の譲歩なのだろう。ならば致し方ない。

「では、鏑木夫人に会わせてください」

「いや、タッちゃん、それは無理だよ」

次の内閣改造では主要大臣就任が有力視されている男が、困り果てている。

「では、鏑木夫人に伝えてください。当確師がお会いしたいと切望していると。彼女が会いたくないとおっしゃるなら、私はここで降ります」

3

翌日には鏑木瑞穂との面談が実現した。

瑞穂が上京するので、午後三時に投宿先の帝国ホテルの部屋まで来て欲しいという。

聖は一五分前には、帝国ホテルのロビーに到着した。

ロビーの鏡で何度も身だしなみをチェックしてから瑞穂の客室に向かった。チャイムを鳴らすと、瑞穂本人がドアを開けた。間近で見るとますますいい女だった。

「聖でございます。突然、無理なお願いをして恐縮です」

「お会いできて光栄です」

瑞穂に案内された窓際のソファに聖が座ると、瑞穂は紅茶を淹《い》れてくれた。

「お忙しいでしょうから、さっそく本題に入ります。今年一一月に予定されている高天市長選挙で、私は黒松幸子さんを擁立する陣営の選挙参謀を務めます」

「ウチの愚弟まで巻き込んでくださって感謝しておりますわ。でもあの子には良い社会勉強になるでしょう」

言ってくれる。

「それで、私にご相談とは何かしら」

「あなた個人と雷神宮氏子会の皆さんに、黒松さんを支持して戴きたい」

瑞穂は微笑んだが、目は笑っていない。その顔がまた、いいじゃないか。

「おもしろい方ね、当確師さんって」

「お褒めにあずかって光栄です。人生、笑いが大事です」

「笑えないわ。どうして私にそんなことを依頼なさるわけ？」

「あなたが、鏑木市長を倒せと、おっしゃるからです」

瑞穂が吹き出した。

「それも冗談なの？　でも、全然おもしろくない」

「奥様、今のは本気です。本当は、あなたご自身が市長になるのがベターだと思いますよ」

彼女は「失礼」と断ってハンドバッグからタバコを取り出した。そして、優雅な動きでタバコをくわえた。聖はすかさずライターの火を差し出した。

瑞穂は深くタバコを吸うと、こちら目がけて煙を吐いた。聖は避《よ》けなかった。

「黒松幸子さんが立候補し、その手話通訳を選君が担当する。そして、あなたが密《ひそ》かに後方支援する——。最初から、そういう構図を描かれていたのでは？」

「どうして？」

「選さんとの二人セットなら鏑木市長を倒せると話すと、黒松さんはあっさりと出馬を受けた。ですがね、政治家の経験もなく、カネもなければ後ろ楯《うしだて》もないのに、二つ返事で出馬を受けるなんてありえません。おそらく、あなたと黒松さんの間では既に何らかの話し合いがあったと考えた方が自然でしょう」

「そこまで見抜かれるとは思っていなかったわ」

「黒松さん支持を表明した上で、雷神宮氏子会の組織票をください」

「選挙で宗教の力を頼るなんて、時代錯誤では」

「だが、あなたはご主人の初出馬の時には、氏子会の票をとりまとめたじゃないですか」

「若気の至りね。いずれにしても、私が幸子に約束したのは、日本一の選挙コンサルを付けることと政治資金を陰ながら出すことだけ」

「そんな中途半端な支援をして、あなたは何をやりたいんです？」

「市長として鏑木は及第点以上の結果を残しています。ただ、私は彼が雷山の一部をリゾート開発に利用したり、異を唱える者を排除するような手法には反対です。

そう考えていた時に、鏑木の暴走をこのまま放置すれば、高天市は住みにくい都市になると幸子が言ってきた。だったら、その二つの意見をフェアな状態でぶつけ合えばいいと思った。民主主義って議論しなくちゃ始まらないでしょ。ただし、今回の選挙では雷神宮氏子会は自由投票とします。なので、頑張って彼らの票を奪い取ってください」

話は以上だ。そう言いたげに、瑞穂はタバコを灰皿に押しつけた。

4

三月二五日――。

夜が明けたら市長選に出馬表明するという日の午前二時、鏑木は携帯電話の着信音に叩き起こされた。

〈深夜に申し訳ありません。塚田です〉

その声を聞いただけで、鏑木はベッドを抜け出し、寝室を出た。

〈今朝の暁光新聞の一面に我が市のコンパクトシティ計画を曲解した記事が出ます〉

「一面だって！　なぜ、全国紙がウチなんかを取り上げるんだ」

コンパクトシティとは、過疎が進む地方では、至るところで取り組んでいるプロジェクトだ。高天市はそれを都市型に変えてプランニングした。市内在住の支援が必要な母子・父子家庭、低所得者、一人暮らしの老人などのケアの質と効率向上のために相互扶助の町を作り、対象者に無料でサービスを提供できるよう整備を進めていた。

「オンラインニュースには既にアップされています。ご覧戴けますか」

すぐに書斎に行って確認した。

「何だ、これは！」

『日本で一番住みたい都市・高天市の闇
生活保護受給者隔離政策へ』

という大見出しのついた記事では、生活弱者を排除するための強制居住区《ゲットー》を市は計画中だと断じている。

「塚田！　何とかならないのか。記事を止めろ」

〈無理です。市長、記事を最後までを読まれましたか〉

怒りの余り、途中で読むのをやめていた。スクロールした先に、問題の箇所が出て来た。

「なんだこれは」

市の福祉担当補佐官黒松幸子氏の談話という一文が目に入った。

「全く知らされていない話だ。事実関係を精査した上で、必要なら徹底的な調査を行う。いずれにしても、高天市には説明責任がある」と幸子が述べていた。

「誰が、こんな談話を許したんだ」

〈申し訳ありません。全く知りませんでした。黒松さんの自宅にも電話はしていますが、つながりません。耳が聞こえないのでお出にならないのかと〉

「あの女を市役所に連れて来い。私も今から行く」


結局、幸子は市庁舎に現れなかった。

念のためにコンパクトシティ担当課長に事情を質《ただ》すと、住居者への移住手続きに問題があるのではないかという指摘が、少し前に幸子からあったらしい。その際に「これは、一つ間違うと、強制居住区《ゲットー》じゃないかと言われるわよ」とも忠告されたという。

そこまで聞いて、からくりが見えた気がした。暁光新聞に垂れ込んだのは、幸子自身に違いない。

鏑木は、幸子宛にメールした。

〈あなたに、情報漏洩《ろうえい》の疑惑が持ち上がっている。それも含めて、今朝の暁光新聞に対しての無断コメントの事情を伺いたいので、即刻市庁舎にお越し願いたい〉

鏑木がメールで抗議したら、午前五時頃に返信があった。

〈何を根拠に私を内部告発者だと決めつけていらっしゃるのか分かりませんが、この発言は問題ですよ、市長。

いずれにしても、今日はお邪魔できません〉

それを読み終えるなり、鏑木は市長室に集まってきた幹部に「黒松補佐官を解任する」と宣言してしまった。その上、情報漏洩の疑いで、事情聴取せよと命じた。

本人にも、その旨を通達すると、直後に、〈拙速《せっそく》なご判断の撤回を求めます〉と返ってきた。

もちろん、鏑木は無視した。そして朝一〇時から開いた記者会見では、暁光新聞に対して「事実誤認も甚《はなは》だしい、法的手続きを取る」と言い放ち、さらに幸子の補佐官解任も発表した。

だが、事態は鏑木が思った方向には進まなかった。

騒動は一気に拡散して、鏑木市政についての批判の声が広がってきた。

そして、二〇日近くが経過した段階で、妻が助け船を出した。

「ここは、市民フォーラムを利用して、幸子と対談をしてはどう？　彼女は別に怒ってないし、コンパクトシティについては、あなたと一度ゆっくり話したいとも言っている」

市長選の出馬宣言もできないまま泥沼で喘《あえ》いでいた鏑木は、妻の提案に飛びついた。

5

高天市庁舎の三階には、小さな市民ホールがある。全国のどこにでもある多目的ホールで、市民の催しや市のパーティなどに使われている。

ホールは、珍しく定員を超える入場者で溢れていた。市民フォーラム「市長と語る」の開会を待っていた選は、モニター越しに伝わってくる、聴衆とマスコミの熱気に圧倒されていた。

これから幸子と市長との公開対談が行われるのだ。

幸子の手話通訳をするのは久しぶりで、例の母子寮の交渉以来だ。もちろん、聖の指示によるもので、幸子も切望した。

さらに、聖からは「今日、宣戦布告すると思って臨んでくれ」とも言われていた。幸子が市長選挙立候補を表明するのかと質したが、聖は何も言わなかった。

幸子のほうは相変わらずリラックスしており、控え室に集まった仲間と雑談に花を咲かせている。

事前の打ち合わせは不要だと幸子に言われたので、おとなしく出番を待っていた。今日はとにかく丁寧な通訳に専念しよう。

それにしても、義兄は愚かなことをしたものだ。最近になって分かったことだが、暁光新聞にコンパクトシティ問題をリークしたのは、市の社会福祉協議会の理事だった。

コンパクトシティの運営を自分たちができるものだと思っていたところ、市長が社会福祉関係の企業に委ねるつもりだと知って、その腹いせに相当な脚色をしてリークしたらしい。

なのに義兄は短気を起こして、幸子に裏切り者のレッテルを貼った挙げ句、その日のうちに補佐官を解任してしまった。一方の幸子は黙って事態を受け入れ、「さっちゃんち」での活動にこれまで以上に力を注いだ。

そのため世間は幸子に同情した。その影響もあって支援が一気に集まり、あっという間にスタッフの数は三倍になった。マスコミの注目度も上がり、全国的にも幸子の名が知られるようになっていた。

そのお膳立てをしたのは、全て鏑木自身なのだ。

鏑木は朝からずっと落ち着かなかった。

幸子との対談が不安なのではない。それどころか、ここで関係を修復し、あわよくばもう一度補佐官就任を、公衆の面前で頼むつもりだった。なんなら、副市長就任を要請しよう。

気持ちがざわつくのは、いわゆる虫の知らせという奴だった。いや、もう少し具体的に苛立ちを募らせる要素があった。

まずは、今日の手話通訳を担当するのが選だということだ。昨夜遅くにそれを知り、辞退するよう弟を説得してくれと妻に頼んだ。だが、瑞穂は「別に選が通訳して困ることはないでしょ」と全く取り合ってくれなかった。

さらに、今朝になって三枝から電話があった。

――黒松さんとの公開対談なんて絶対やめてください。しかも、通訳は小早川選なんでしょう？　市長、ここは中止にすべきです。

何より、幸子が市長選挙に立候補した時、この公開討論の写真が使われるに違いない。そんな材料を相手に与える必要はないという。

今さら反故《ほご》にするほうがマイナスイメージになると一蹴《いっしゅう》したものの、鏑木には何とも言えない苛立ちがあり、じわじわと首をしめられるような不安を感じる。

開始五分前に、鏑木はあえて幸子の控え室を訪ねた。

「やあ幸子さん、いらっしゃい。元気そうじゃないか」

選は驚いたようだが、当の幸子は余裕そのものだった。

〝市長もお元気そうで。今日は楽しみにしていますね〟と返してきた。

会場にアナウンスが流れた。

「只今より、第三九回『市長と語る』を開催致します」

「市長と語る」という公開討論会は、高天市民なら誰でも市長とざっくばらんに話し合えるという会で、鏑木が市長当選後すぐに始めた鳴り物入りのイベントだった。

盛大な拍手が巻き起こる中、鏑木がスポットライトを浴びて壇上に立った。

「みなさん、こんばんは。今日は、凄い熱気だな。マスコミ諸君の数も半端じゃないね。きっと、今日のゲストに、期待しているんでしょう。ＮＰＯ法人ＭＵＴＥＫＩ代表・黒松幸子さん、ようこそ！」

幸子は選にエスコートされて登場した。

幸子はゆっくりと一礼する。舞台慣れしているせいか、さすがに一挙一動に華がある。そして、満面の笑みで手話を始めた。

〝こんばんは、鏑木市長、そして皆さん。黒松幸子です。今日は一人の高天市民として、ぜひ市長にお尋ねしたいことがあって参りました〟

「何でも聞いてください。私も、今夜、あなたにお会いできるのをとても楽しみにしていたんです」

〝市長。早速よろしいですか。今日いらっしゃる皆さんの一番のご関心は、コンパクトシテイ問題にあると思います。

　私も出すぎた真似をして、補佐官をクビになっちゃいましたから、きっとここで私がリベンジを果たそうとするって、皆さんご期待されてるんじゃないでしょうか〟

　幸子はステージ中央の椅子に座ると、さっそく核心を突いてきた。予定にない展開で鏑木は面食らった。まずは幸子のプロフィールを紹介し、それから市長のリードで対談が始まるというのが構成台本の流れだった。

〝でも、残念でした。私はこの構想に大賛成です。とても良くできていると思います〟

「おや、分かってもらえましたか」

〝もちろん。一部マスコミで、まるで貧しい人を捨てる場所のように言われてしまいましたが、それは大きな誤解だと思います。コンパクトシティ構想は、一言で言えば、行政版の選択と集中です。すなわち、けっして余裕があるとは言えない市の財政を有効活用するために、生活支援を必要とされている方を一カ所に集め、より充実した市民サービスを実現するというシステムです〟

　正しく分かりやすい説明だった。

〝例えば、女性の社会進出のネックになっている待機児童も、働きたくても保育園の空きがなくて身動きの取れない母子家庭の方も、コンパクトシティで暮らせば、問題が解消されます。

　ここには、保育園、学童保育サービスを行える児童館、図書館、高齢者用のマンション、そしてデイサービスセンター、老人ホームも集まっています。そして、保育士や退職された元教職者の方々に子どもたちを見てもらうこともできます。

　現代社会は核家族化が進んだために、子どもたちが高齢者の方と接する機会が減っています。そういうふれあいの場を設けたい。お年寄りの皆さんは、知育につながる昔ながらの遊びもたくさんご存じです。何より子どもと接することで、高齢者のみなさんには張り合いが生まれます。人と人が出会い刺激し合い、豊かな生活を生み出す――この構想、本当によくできているし素晴らしい〟

「黒松さんに褒めて戴いてホッとしています。まさしく、おっしゃるとおりで、高天市は、日本中の大都会で急増する問題を一足先に解決できると自負しているんですよ」

　なんだ、今日はいい流れじゃないか。ほっとした矢先に、〝ただ、一つだけ問題がある〟

と幸子が言った。

「何ですか、問題って」

〝市民が自主的にここに集まるための方策が練られていません。さらに原案では、いかに強制力をつけるかを検討すべしとあるんですね〟

鏑木の背筋が一気に冷えた。一体、どんな内部資料を持っているんだ、この女は。確かに、該当部署員にだけはそう厳命している。だが、それは公にはしていない。

「それは、何かの間違いでは？」

〝市長、私は福祉担当補佐官を拝命していたんですよ。なんなら資料もお見せしますよ。高天市はちょっと表のルールと実施ルールの間のギャップが大きいのが問題ですね。コンパクトシティという構想自体はパーフェクトです。ただし、その実現のためなら手段を選ばないというのは、地方自治体のあり方としては、問題ですよね〟

「ちょっと待ってください、強制的に市民をコンパクトシティに移そうとした実例はないはずですよ」

〝そりゃそうですよ。まだ、この移住は始まっていませんからね〟

「どんな資料をお持ちなのか知りませんが、職員は何度でも当事者の方の元に通って、ご理解戴く努力をするように私は指導しています。その資料の作成者は、市民サービスをショートカットしようとする不届き者です。改めて市民のみなさんに申し上げますが、私たちは憲法が保障する居住移転の自由を大切にしています」

興奮してはいけないと思いながら、早口でまくし立ててしまった。

〝憲法二二条ですね。私も大切にして欲しいと思います。でも、最近の高天市では、低所得者の方たちは、居住移転の自由が厳しくなっていますよね。彼らを支援する施設についても、市が指定した場所以外では認可が下りません。また、ホームレスの取り締まりが大変厳しく、結果としては、年収に合わせて住む場所が暗に限定されるような仕組みが整いつつあります。

その仕上げが、コンパクトシティ構想なのではないかと、私ですら勘ぐってしまいます〟

それは下衆《げす》の勘ぐりっていうもんだ、幸子！

「そんな事実はありませんよ。ホームレス問題についても、取り締まりをしたことはありません。ただ、彼らにより安全で安心できる場所を提供し、その周知の徹底に努めているだけです」

〝こうして聞いていると素晴らしい行政と思えるんですが、実際にはかなり強引に連行している気もします。

市長のお気持ちはよく分かります。

市が、生活が苦しい方のために素晴らしいサービスを提供しても、当事者である市民は見向きもしない。それでは街には無駄が蔓延し、効率的で高収益を目指す市の方針と衝突してしまいます。

こんな理不尽によく耐えてらっしゃいますよ。でも、もうこういうやり方は限界じゃないですか〟

手話通訳する選までもが驚いている。どうやら、こんな展開を予想していなかったようだ。

「私は限界だと思っていませんよ。それどころか、多くの市民にご理解を戴いて、高天がますます活性化するための構想を推進しますよ」

〝沼島ハイランド構想ですよね。でも、あれって誰が望んでいるんですか〟

「黒松さん、ちょっと話の流れが本題からずれていますよ。今日の話題はコンパクトシティ構想についてですよ。その話は改めて」

〝失礼しました。そうですね。では、短い期間でしたが市の福祉担当補佐官を務めて、気づいたことをご報告します。

市長のご苦労が市民の皆さんに伝わっていない事態というのを、私は多々目撃しました。同時に、市民が望んでいない方向に市が向かっているという空気もとても感じます。

まあ、それで市が豊かになればいい、と思っている方も多いでしょう。高天市の主人公はここで暮らす市民です。でも、今は全てを市長が舵取《かじと》りなさっている。

それはいいことではないし、せめてこの歪な行き違いをちゃんとなくすべきかなと思いました〟

鏑木が司会者に視線をやった。司会者も察したようにマイクを手にして、進行を仕切ろうと口を開いた。

だが、幸子の発言の方が一歩早かった。

〝そういうことを皆さんと真剣に考えるために、私、黒松幸子は今年一一月に告示される市長選挙に立候補しようと決めました〟

思わぬ展開で、鏑木市政に対する宣戦布告が今、なされた。

第七章　闘う女

高天市長予想得票率

1位　鏑木次郎　六〇・三%
2位　黒松幸子　三四・〇%
3位　蓑田琢磨　二・八%

市長選挙投票日まであと二五日

【高天新聞調べ】

高天市長になって欲しい人物ランキング

1位　鏑木次郎　五七%
2位　黒松幸子　四〇%
3位　蓑田琢磨　二%

市長選挙投票日まであと二五日

【高天テレビ調べ】

1

告示一週間前になると、聖事務所では現状のまま、選挙コンサルティングを続けるかどうかを判断する。継続するとなったら、選挙の見通しを明確にして、候補予定者に最終判断をアドバイスする。

選挙の勝負は、告示前に決している——。それが選挙の本質だった。

確かに、稀《まれ》に選挙戦本番で雌雄を決する時もある。組織票がほぼ同数で、無党派層の支持も数パーセントの差だけという場合だ。

今後、どれほど奮闘しようとも必敗という分析結果が出れば、立候補予定者に翻意するようアドバイスし、その選挙区から撤収する。コンサル費用については、事前に政治活動アドバイス料として徴収済みだから、利益は少ないものの損はない。

また、当選確実という評価が出れば、残り一週間で地元の選挙対策の幹部たちに、今後の選挙方針をみっちりと指導した上で、告示前日に撤収する。

これで当選すれば成功報酬を得られるのだが、それも当選から三ヶ月後以降に「行政アドバイス料」として、任期期間中に分割払いしてもらう仕組みだった。


「残念だけど、この選挙は負け」

ミーティングが始まるなり、千香が断言した。

碓氷も反論しない。

聖にも否定する材料はなかった。

千香の推計は、地元メディアよりもシビアだ。鏑木約六二万票、幸子三〇万票――つまりダブルスコアの差がついている。

「予想投票率は」

「六五％から七八％ぐらいまでの範囲。一応、一〇〇万票で計算している。さっちゃん旋風は巻き起こっているんで、投票率はそれなりに高いはず。でも、無理」

高天一三区に開設した「さっちゃんず」という支援組織の頑張りで、選挙人名簿は、既に二〇万人を超えようとしている。これで、基礎票は二三万票を確保したが、相手は優に三五万票の基礎票を固めている。

「残念なのは、『さっちゃんず』を除いた無党派層のうち、投票する人を決めていると答えた人の六割が鏑木に投票すると言っていること。黒松は、三割程度」

それによって、鏑木は四二万票余り獲得し、黒松は二六万六〇〇〇票となる。

まだ、意思決定をしていない無党派層の数を三〇万人と千香は予想している。鏑木はそこから八万票を獲得すれば勝利となる。

この予測は、碓氷と千香の二人が弾き出したもので、誤差が数万程度あっても、鏑木圧勝が揺るがない点には、聖も異論はなかった。

「聖さん、リベラル党市議の票はどうなんですか」

遠慮のない関口が尋ねてきた。

リベラル党市議の基礎票が、一二万票ほどある。それについては党が異なるにもかかわらず大國代議士がとりまとめると言ったのだが、今日に至るも連絡がない。

「今のところ、動く気配はない。だが、これは俺が東京でリベラル党幹部と交渉する」

「健ちゃん、たとえリベラル党市議の基礎票を全部取ったとしても、鏑木が五〇万票、幸子が四二万で、まだまだ」

千香の意見は正しい。

さらに厄介なのは、リベラル党は既に党本部の求心力がないために、党本部が支援要請したとしても高天市のリベラル党市議全員が従う保証がないということだ。

「こうなるとやはり鍵は、二つの宗教団体か。確か博愛会系はすべて鏑木なんだな」

「そうなるわね」

「だったら、本人は渋っているが、黒松さんに博愛会関係者の前で演説してもらおう」

幸子は中学から、聖パトリック系の女子校に通っている。

「厳しいと思うよ。彼女は、高校を中退しているし、ニューヨークから帰国後も、接点はほとんどないから。一方の、鏑木市長は今の理事長とべったり」

だが、敲《たた》けば開く扉もあるかもしれない。

「それと、雷神宮氏子会は自主投票だから、等分したんだよな」

「氏子総代の鏑木瑞穂がしっかりと意思表示すれば別でしょうけど、現状では氏子たちは、初回と同じでいいと思っているから、等分にはならないよ。ホントは三対七ぐらいでしょ」

帝国ホテルで会って以来何度か、瑞穂には黒松支持を表明するよう頼んでいるが、彼女は「私は、従来通り鏑木支持ですから」と繰り返すばかりだ。

「おかしくないっすか？　夫を倒すために密かにライバル候補を擁立しておいて、でも表向きは、夫を支持するって」

「だいたい選挙をバカにしてるわよ。というか、頭おかしいんじゃねえの、このおばさん」

関口や千香の憤慨は尤もだ。だが、瑞穂の意思は固い。

「黒松さんに、瑞穂さんを説得してもらうというのは無理なんですか」

それまで黙って聞いていた碓氷が口を開いた。

「支持表明は求めないという約束をしてるんだってさ。そこを曲げて何度も頼んでくれと言っているが、今のところは成果なしだ」

その上、姉が反旗を翻していることを選には知られたくないと、黒松は言っている。何から何まで女二人の身勝手に振り回されている。

「瑞穂も黒松もダメ。こんな奴らじゃ勝てない。あれこれ考えないで、撤退撤退」

千香は決断が早い。関口も追随して頷いている。だが、聖としてはまだ粘りたい。こういう不可能を可能にしてこそ、「当確師」なんだ。

「ボスが不可能に挑みたいというのは、かっこいいと思う。でも、こんな非協力的な奴らが候補や依頼主だと無理。ここは勇気ある撤退のみ」

「あと二日、もがくことにする」

千香の不満を撥ねのけるように宣言した。聖の決断に異を唱える者はいない。

「健司、今から黒松さんに会いに行く、運転しろ」

だが、当人はスマートフォンを見ていて上の空だった。

「健司！」

「すみません。あの、聖さん。ネット上で幸子さんのヤバイ噂が流れてます」

関口が見せた画面には、**『さっちゃんの若かりし日のご乱行《らんぎょう》発見。ニューヨーク時代に、麻薬所持容疑で逮捕！』**

2

未来会議の席上、選は「青年海外協力隊派遣事業」が、文科省から厳しい指導を受けて潰れたと和田《わだ》副市長から告げられた。同事業は、高校卒業後に、二年間の青年海外協力隊入りを義務づけて、逞《たくま》しい若者の育成を目指している。

――今の若者は、あまりに日本や世界事情を知らなすぎます。若い時に海外で暮らすことは、そういう殻を破るために必要不可欠なんです。ぜひ、予算をつけてください。

　社会人代表の一人からの提案は、選には未来会議の象徴的な事業になると期待した。

　大学進学に差し障るかも知れないという懸念はあったので、いくつかオプションを付けて選択制にした。最終的には、何事についても反対する柄澤すら、「今の若者の性根を叩き直すには良いかも知れません」と賛成し、全会一致で市長に答申したのだ。

「副市長、それは、このプロジェクトを中止しろという意味ですか」

「まあ、そうなりますな」

「市長はそれを呑んだんですか」

　この案を提案したグローバル人材育成部会の代表も顔を引《ひ》き攣《つ》らせている。この事業だけはどんなことをしてでも実現しようと市長が確約したのに、この期に及んで却下とは……。

「もちろん、精一杯の抵抗は試みてくださった。しかし、子どもたちの教育を受ける権利を侵害しているし、選択の自由の侵害でもあるというのが結論です。なので、皆さんの頑張りにお応えできず申し訳ありませんな」

　和田の言葉には何の誠意もこもっていなかった。和田は元市職員で、今泉前市長の頃から副市長を務めていた。前市長一派がことごとく追放された中で、しぶとく市の幹部として生き残っている。

だが、有能だから残ったわけではなさそうだ。何事にもアバウトで、責任の生じるような立場からは断固逃げようとするし、とにかく市長の顔色ばかり窺っている。市長の代理で未来会議に出席しても、大半は居眠りをしているような男だった。

副市長のダメぶりはともかく、未来会議が提案する事業プランがボツになるのはこれで五件目だった。なんだかんだと難癖をつけられて却下されていく。おかげで、メンバーのモチベーションはすっかり落ちてしまい、評議員の出席率も回を追うごとに下がっている。

「和田さん、最近市長は滅多に会議に出席されません。たまにいらしても、ほんの一〇分程度。この会議は市長と若者が議論するためにあるんじゃないんでしょうか」

座長として言わずにはいられなかった。

「市長も色々政務でご多忙ですから。毎回、議事録は丹念にご覧になっていますし、皆さんの頑張りには賞讃の思いしかないといつもおっしゃっておられます」

「ならば、もっと会議に出席して戴きたい」

「私から伝えておきましょう。それで、皆さんにお知らせがあります。ご案内の通り、来週、市長選挙が告示されます。選挙期間は一〇日間です。未来会議も当分の間、お休みを戴きます」

「当分とはいつまでです？」

学生代表の谷村美菜子が尋ねた。

「詳細が分かり次第、ご連絡致します。では、お疲れ様でした」

出席者の不満など一顧だにせず、副市長は立ち上がった。

「小早川さんは残ってください。市長からお話があるそうなので」

「選さん、市長に僕らの不満をちゃんと伝えてくださいよ」

すれ違いざまに、評議員の一人でIT会社社長の岡島《おかじま》が言った。選とはウマが合い、最近では行動を共にすることが多い。

もちろんそのつもりだと、目で返した。

副市長と二人っきりでエレベーターに乗るのかと思うと憂鬱だったが、そうはならなかった。

和田は「じゃあ、あとはよろしく」と言って、どこかに行ってしまった。

代わりに市長の私設秘書である岩木が廊下で待っていて、彼が案内に立った。

「和田さんは、今日が最後のお務めになります」

驚いて岩木のほうを見たが、彼はエレベーターのフロア表示のランプを見つめている。

「ようやく、ゴミが市役所から消えてくれます」

異論はないが、市長の私設秘書たる者が口にすべきことではない。

「小早川さん、一つ、伺っていいですか」

エレベーターに乗り込むなり、岩木がぶっきらぼうに質問してきた。

「身内を裏切って、あの耳の聞こえない女の側につくって本気ですか」

酷い差別発言だった。

「私は誰も裏切らないし、どっちの側につくとか考えていません」

「やはり、上流階級の方はお上手だ。私にもそういう舌が欲しいですよ」

それきり岩木は黙り込んでしまった。

二四階に着くと、岩木は市長室をノックし、選の来訪を告げた。

「私なら、お義兄様から受けたご恩を大切にします」

岩木が耳元で言った。

勝手に言ってろと、胸の中で吐き捨てて市長室に入った。珍しく市長は一人だった。

「選君、見てごらん。今日は秋晴れで、雷山の紅葉がきれいだ」

誘われるままに窓際に立つ鏑木の隣に並んだ。

青い空と赤く色づいた山のコントラストが見事だった。

燃える秋が山から下りてきている。

「ここから見る景色には心が洗われる気がするんだ。市長になってロクなことがないが、こういう美しさを堪能できるのは、数少ない特権だね」

「お話があると伺いましたが」

「そうなんだ。せっかく清々しい気分になったのに生臭い話で申し訳ないんだが、君にどうしても引き受けて欲しいことがある」

義兄はまだ雷山から視線をはずさない。

「副市長の和田さんが、本日付で退任した。その後任を君にお願いしたいんだ」

さすがに想像もしていなかった爆弾だった。

思わず隣を見ると、義兄と目が合った。

「未来会議では、君たちの要望になかなか応えられないんだが、君が副市長になって、宿願の青年海外協力隊派遣事業をやり遂げて欲しい」

見事な連係プレイだった。

副市長にプロジェクトは却下と言わせておいて、選が副市長になるのならそれを再考しようという。

「文科省が憲法違反とまで言うものを、逆転できるんですか。僕が副市長になったところで、それが可能になるとは到底思えません」

「それは君次第だ。審議会の座長なんて所詮はパートタイムの嘱託《しょくたく》だ。何の権限もないし、国と交渉する権利もない。だが、副市長ともなれば、高天市を背負って交渉ができるんだ。私の八年間の経験で言わせてもらうと、国への要望について開かない門はない。但し、そのためには相当の情熱と手練手管《てれんてくだ》がいるがね」

鳴かぬなら鳴かせてみようホトトギスの人だからな、この人は。

いや、もしかしたら「殺してしまえ」派か……。

「選挙対策ですか」

「冗談だろ。幸子さんは頑張っているけれど、まだまだ私の敵じゃない。開票と同時に当確が出るぐらいの差がある。まあ、敢《あ》えて言えば、君につまらない傷をつけたくないという兄弟愛かな」

バカな。

義兄からどれほど嫌われ、軽蔑されているかは知っている。正業にも就かず、生活費を稼ぐ苦労も知らないおぼっちゃまが、政治ごっこに頭をつっこんで社会を知った気になりやがって、ぐらいは思っているに違いない。

「義兄さん、無理はやめましょう。我々は今、関係が良好のように見えますが、所詮は水と油です。あなたは僕を軽蔑しているし、僕もあなたを好きになれません。そんな相手を副市長にだなんて、僕には選挙対策としか思えません」

「これは瑞穂の希望なんだよ」

「姉さんの？」

「君が未来会議の座長を務めてからの成長ぶりに目を見張っている。ならば、私の下においてもっと鍛えて欲しいそうなんだ」

ウソだ。姉はそういうことを鏑木に頼まない。

「ありがたい話だと重々承知していますが、やはりお受けできません。それに来週から市長選挙が始まります。今日で未来会議の座長を辞任するのが、けじめだと思っています。中途半端で恐縮ですが、ご容赦ください」

「また、逃げるんだな」

鏑木の目が細くなった。怒っている。

「逃げるのかどうかは、これからを見ていてください。小さなアリはアリらしく、一生懸命に象と闘いますよ」

差し出した辞表は受け取ってもらえなかった。仕方なくデスクの上に置いて、選は部屋を出た。

ご丁寧に岩木が待っていた。

「岩木さん、僕は市長に刃向かえる稀有《けう》な女性と一緒に本気で闘うことにしました。帰ります。お見送りは無用です」

そう言い捨てて、エレベーターホールに向かった。

一階ロビーに下りると、未来会議の親しい連中が待っていた。

「副市長就任を打診されたよ」

「まじっすか！」

岡島が呆れている。

「もちろん断ったけどね。で、ついでに未来会議座長の辞表を置いてきた。みんなには申し訳ないんだけど、来週から始まる選挙で僕は黒松さんの通訳をする。いや、はっきり言えば、黒松さんに市長になってもらうために頑張ろうと思っている。だからけじめをつけたんだ」

「あの、小早川さん、私たちにも選挙のお手伝いさせてもらえませんか。私たち学生代表は、一八歳から二二歳こそが未来の主役だと訴えてきました。そして、そのために私たちと一緒に考え行動してくれる黒松さんに市長になって欲しいんです」

「実は、僕らも今、辞表を提出してきたんだ。よろしく頼むよ」

岡島がすっきりした顔で言った。

得がたい味方が増えた。選の胸の内で渦巻いていた不快感が、一気に吹き飛んだ。

〝逮捕されたのは事実だけれど、誤認逮捕だと分かってすぐに釈放されたわ。ダンサー仲間のバッグを預かっていて、その子が持っていたのよ。でも、よくそんなものまで調べたわねえ〟

幸子は逮捕疑惑に関して、あっけらかんと認めた。

〝放っておきましょう。本当に後ろめたいことがあって、隠していたのなら、ごめんなさいって謝るけれど、私は何も悪いことはしてないもの〟

聖もそう判断し、あとの対応は千香に任せた。

3

今日の通訳は秘書の時原が務めている。手話通訳者としての腕は、選より彼女のほうがはるかに上だ。だが選挙期間中の通訳を選が務めることの意味をよく理解しており、異例の人選について時原は気にもしていない。

「幸子さん、ちょっと二人っきりで話したいんだけど。それと、小早川さんが来たら、こちらに来るように伝えてもらえますか」

すぐに時原は席をはずした。通訳不在の時、幸子は、文字入力すれば音声に変換するソフトを利用していた。

聖は上着を脱ぎ、ネクタイを緩めた。そして、幸子に唇の動きがはっきり見える位置に座った。

「さっきまで直前の得票予想会議をやってました。残念ながら、現状では勝てそうにありません。誠に申し訳ない」

聖はデスクに手をついて頭を下げた。

〝まあ、私は泡沫《ほうまつ》候補だから、あなたが謝るような話じゃないと思うけど〟

聖は得票予想データのプリントアウトを渡した。

〝六二万対三〇万かあ。よく健闘しているとみるべきか。全然、ダメと落ち込むべきか〟

「落ち込む必要はありません。この数字は浮動票については、基礎票に比例して配分してあるので。実際は、五五万対四〇万ぐらいにはなるだろうと思います」

〝でも、完敗ね〟

「はい」

〝もっと頑張れということ？〟

「もちろん、投票日まで死力を尽くしてください。浮動票を当てにした選挙はやはり怖い。基礎票をもっと積み上げるためにも、鏑木票から奪い取りたいんです」

〝確かにそうね。いい方法でもあるの？〟

聖は指を二本立てた。

「二つあります。一つは、聖パトリック教会です」

〝無理ね。私はあそこの理事長とソリが合わないから。それに、もう今は理事長と鏑木市長がずぶずぶの仲でしょ〟

「でも、あなたは教会幹部や母校でもある聖アグネス博愛女学院関係者とは関係が良好だそうじゃないですか」

〝学校と教会は、政治に関与しない方針なんです。なので、無理を言いたくありません〟

「では、瑞穂さんを取り込めませんか。彼女は今とても曖昧な態度を見せています。何か原因でもあるんですかね」

〝沼島の高坏《たかつき》の剣《つるぎ》の発掘調査の件だと思う〟

「何の話です？」

〝古代帝が、沼島で祭事を行ったという伝説があるの。それが高坏の剣っていう場所で、言ってみれば山の頂に作った舞台みたいなもの。ちょうどその真東に雷神宮の奥宮があるらしいわ〟

そんな話は初めて聞く。

〝ところが、神聖なるその場所に鏑木市長は展望台を作りたいと言い出した。そこで、発掘調査をして、貴重な遺跡が見つかった場合は、計画を変更するというなら開発を受け入れると、瑞穂は条件を出した。だから、発掘調査を行っていたわけ〟

そこに何か問題があったということか。

「で、何が起きたんです？」

〝そこから先の話はよく知らない。でもその一件があった直後から、瑞穂は夫と距離を置くようになったって噂よ〟

「その件については、少し調べた上で、また相談します。とにかく瑞穂さんに大至急会って、支援を求めてもらえませんか」

キーボードを叩き続けていた幸子の両手が止まった。

そして、まっすぐに聖を見つめて、首を横に振った。

〝それは、できない〟

そこで、幸子のデスクにある赤いランプが点《とも》った。誰かがノックしているという意味だ。

幸子がボタンを押すと、時原が入ってきた。

「選君が来ました。何でも、未来会議の座長を辞めてきたそうで。そのお仲間も一緒です。彼らで若者を取り込むチームを作るとか」

〝まあ、そのお話、ぜひ聞いてみたい〟

「それと今、市役所のネット速報で流れてたけど、蓑田教授が市長選の出馬を取りやめたそうです。市長に懇請されて、副市長に就任するからだって」

鏑木陣営は既に当確圏内にいるのに、容赦なく票を積み上げていく。

4

蓑田の副市長就任で、鏑木の支持率が下がった。あれほど激しく罵っていた相手を取り込んだということは、市長三選が危ないのではないかという噂が流れたのだ。

その噂の出所は、実は千香だ。

その流れに乗って聖は、東京永田町のリベラル党本部にいる党幹事長の今西《いまにし》を訪ねた。

戦後初の政権交代を成し遂げながら、三年で野党に戻ったリベラル党の立て直しを担う今西とは、旧知の間柄だった。

七五歳とは思えない足取りで応接室に現れた今西は、大袈裟に再会を喜んだ。

「やあ、久しぶりだね。いつから会ってない？」

「前々回の総選挙以来でしょうか」

聖は、陰ながらリベラル党の大躍進に協力した。

「そうか。もう、ずいぶん昔のようだね」

「まったく。幹事長はお忙しい身ですから、思い出話は改めてじっくり致します。今日は、私の無理を聞いて戴きたく」

「ああ、高天市長選の件だね」

応接室にいるのは二人だけだ。

「新年早々だったかな。私は、鏑木市長に呼ばれて高天市にお邪魔したんだ。彼の政治ビジョンについても大いに感銘を受けた」

「しかし、彼は現総理と結託して、高天市を外国人大富豪の楽園にしようとしています。その後押しをされるおつもりですか」

「それで国が潤えばいいという考え方もある」

「私が推している黒松幸子さんのビデオをご覧になりましたか」

「ああ、拝見した。ユニークな逸材だと見た」

「どんな偉大な政治家でも、最初の第一歩があります。それより、ご存じでしょう。彼女は橋爪先生の落《お》とし胤《だね》です」

「橋爪正義か、懐かしい名前だ。今の時代ほど、あの男のような良識派の政治家が求められている時代はないよ」

かつて今西と橋爪は、総理の座を争ったこともある。だが、結局二人とも、総理になるには何かが足りなかった。橋爪はその後、体を壊し政界を引退する。そして今西は政界再編を掲げて民自党を飛び出し、今日に至っている。

「全く同感です。そして、黒松さんは、その亡父の思いを継《つ》ぐために立ち上がったんです。このままでは、鏑木次郎は、いずれ厄介な男になります。そして、力をつけた暁《あかつき》に最初に切られるのは、リベラル党です」

そんなことは言われなくても分かっていると言いたげだ。

だが、リベラル党は対抗馬を擁立して、負けるのが嫌なのだ。

「鏑木は民主主義の敵です。奴は、市民を愚弄し、愚民化させることで自らが高天市の王にでもなるつもりですよ。そんな蛮行を、天下の今西悦一《えついち》が許すんですか」

「……高天市議会で副議長を務めている小嶋《こじま》という者がいる。実はね、彼に昨晩、相談してみた。黒松幸子をどう思うかとね。黒松はともかく、鏑木次郎という男が小嶋には信用できなかったらしい。だから何とか自分たちで対抗馬を擁立しようと考えたんだが、当てにしていた人物が副市長に取り込まれてしまってな」

リベラル党市議団は、蓑田を推すつもりだったのか……。蓑田を副市長にして取り込んでくれた鏑木に感謝しなければならない。

「代わりに黒松幸子さんを推薦したいと言ってきた」

聖は身を乗り出して、今西の答えを待った。

「まあ、普段はクールなおまえさんが、そこまで熱くなる候補でもあるので、好きにやってみろと返しておくよ」

5

高天市長選挙告示日の五日前、聖は幸子支援を続けると宣言した。

リベラル党の支援を確保したのが大きかったが、それ以上に今西の前でぶった大演説で、久しぶりに燃えるものを感じたからでもある。

政治なんて何をやっても変わらないと、諦めてはいけない。民主主義の主役は有権者なのだという幻想を抱かせなければならない——。選挙で、この国を浄化すると、聖は本気で考えている。

そのためにも、この選挙は勝たなければならないのだ。

同じ日、幸子がスピーチの会場として使用したいと交渉していたのを、聖パトリック教会が断ってきた。

そこで、聖は高天城趾内にある野外音楽堂に目をつけた。さらに碓氷が見つけてきた雷神宮氏子会幹事に声をかけ、「宗教を超えて、とにかく黒松幸子という人物を知って欲しいので、お仲間を誘って足を運んで欲しい」と勧誘したのだ。

当日は、快晴で、野外音楽堂には、五〇〇人余の聴衆が集まった。それは、野外音楽堂の収容人員を超える数で、立ち見スペースにも人が溢れている。

演説会開催の二時間前、リベラル党市議団が、正式に黒松幸子を党として推薦すると発表した。

そして午後七時、幸子と選が、野外音楽堂のステージに立った。

スポットライトが当たったステージ中央に立つと、選の緊張は急上昇した。無数の人の目が、自分たちを見つめている。

幸子が両手を合わせて深々と頭を下げた。

やがて手話が始まる。

〝皆さん、こんばんは。風が気持ちよい夜です〟

そして、彼女は自己紹介をした後、本題に入った。

〝今夜は、私の父の話をしたいと思います。実は私の父は、国会議員で副総理も務めた橋爪正義です。

父と一緒に過ごした時間は限られているのですが、私の記憶にある父は、いつもにこやかで優しい人でした。父の口癖で印象的な言葉が二つあります〟

若い男性スタッフがステージに現れて色紙を見せた。達筆な毛筆で「皆幸福」とある。橋爪元副総理の直筆だという。

幸子はそれを〝みんな幸せ〟と読んだ。

もう一枚には「おもいやり」と書かれていた。

〝みんな幸せというのは、父が政治家として追求し続けてきた共通善を優しく表現した言葉のようです〟

演説の通訳をするに当たって選は原稿を読み、橋爪元副総理が著《あらわ》した政治論の本を手に取った。その中で橋爪元副総理が「政治家が最も大切にすべきは良心と共通善だ」と繰り返し訴えていたのが、印象的だった。

〝共通善というのは、コモンウェルスとか、公共の福祉とも言われます。つまり、自分だけの幸せや正しさを追求するのではなく、社会として皆が幸せになるために何をなすべきかというような意味です。そして、その共通善を実現するために必要なのが、おもいやりでした。

そしてこの二つの言葉に父が込めた思いの真意を本当に理解したのは、ごく最近のことなんです。

政治とは理想を目指して、相手の立場を理解した上で、歩み寄るための交渉だと、父は訴え続けていました。

ちょっと柔《やわ》すぎて、非現実的な理想主義者のように言われていました。

私も、高校時代に父の著書を読んで同じことを思いました。政治家が目標を達成するためにはもっと狡賢《ずるがしこ》く立ち回るべきで、理想を語るだけなら誰にでもできるって父に手紙を送ったりもしました。

ませた高校生だったんです〟

親友だった姉ともそんな話をしたのだろうか。二人は別々の学校に通っていた。姉は神道系の名門に、幸子はミッション系のお嬢様学校に。そんな二人は、私学の生徒会活動の交流会で知り合い、意気投合したのだという。

姉に言わせると、「それまでは同世代の人間を尊敬するなんて考えたこともなかった。でも、幸子は私よりもはるかに大人で聡明だった」らしい。

〝父の考え方と同じ人がいます。古代ギリシャの哲学者、アリストテレスです。名前ぐらいは、お聞きになったことがあるでしょう。《人間は政治的動物だ》という言葉が有名です。

彼は、政治について色々言及していますが、父は《政治とは、より高邁《こうまい》な理想を追求し、市民にコモングッズ（共通善）を考える機会を与え、意義ある生活を提供することだ》という思想が重要だと思っていたようです。当時の私は、きれい事ばかり言って、国会議員を長年務めながら、結局何一つ成し遂げられなかった父を軽蔑していました。

でも、アメリカで暮らしている時、ふと父がなぜ政治家になろうとしたのか、父が掲げる共通善を貫く政治とは何かを知りたくなりました。それで私は、大学で政治学を専攻したんです。

勉強すればするほど、父の考え方は政治的理想を実行するには、あまりにも弱々しいと感じました。そんな時でした。政界を引退した父が、ハーバード大学で学んでいると知ったのです。既に七〇歳を過ぎ、政界も引退した父が何を学ぼうとしているのかに興味を覚えて会いに行きました〟

幸子はそこで手を止めた。

〝何だか、身内の話をするのって照れくさいですね。でも、もう少しだけおつきあいください。

父は、政治家として実現を果たせなかった共通善について、研究していました。

私は大学で書いた論文を持って父と会いました。論文では、《皆幸福》も《おもいやり》も、政治には邪魔であり、本当の意味で公共の福祉を実現したければ、政治家が圧倒的な強権力を発揮して実現するしかない、と決めつけていました〟

ボストンで一緒に撮ったという写真を、聖は見せてもらっていた。

橋爪元副総理と幸子が、微妙な距離をあけて立っている。父は嬉しそうにカメラを見ているが、幸子のほうはどこか拗ねた目で視線を逸らしていた。

〝父は、素晴らしい論文だと褒めてくれました。

自分が長い年月政治家として過ごしてようやく辿り着いた境地を、おまえは二〇歳そこそこで気づいたのだから、凄いねと。

でも——父は、そんなおまえだから知っておいて欲しいことがあると言ったんです。

それは、政治とは信念だと。そして、副総理にまで上り詰めながら共通善を貫いた政治を実現できなかったのは、その信念が足りなかったからであり、権力欲に転んだからだと言いました。だから、皆幸福などと言う資格なんてなかったし、結局自分は偽善者だったと〟

不意に幸子の手が止まった。彼女は客席ではなく、空を見上げていた。

〝その後、夫が取材中に強盗に遭い、殺されました。立て続けに近しい人を失い、絶望する私を支えたのは、息子の喜一《きいち》でした。この子のために、しっかり生きよう。そう思って帰国したんです〟

喜一という幸子の一人息子は、周囲の人を元気にするムードを持っている。おそらくそれが幸子を支えたのだろう。

〝高天市で暮らし始めた頃は、大変でした。

そんな時、何かと相談に乗ってくれたのが、ご近所の皆さんであり、母のお弟子さんたちでした。私とはほとんど初対面でした。

袖振り合うも多生《たしょう》の縁という言葉がありますが、まさに私と喜一はそういう善意に守られたおかげでやってこられたんだと思います。

そしていつしか、母が残してくれた霧笛楼は、ご近所の方や仲間との語らいの場となっていったんです。

ある日、私は母の遺品の中から父が著した一冊の本を見つけました。

『おもいやりある政治』というタイトルでした。

この時はじめて、父の言っていた《おもいやり》と《皆幸福》とは、ここで多くの人に支えられて生きているまさに私の状態であると気づきました。同時に、本当の父の心境を知らずに罵った己を恥じました。

後悔しました。

そして、父の理想をナンセンスと吐き捨てた己に愕然《がくぜん》としたんです〟

再び幸子の手が止まった。野外音楽堂の周囲にある木々の葉が風に揺れる音だけが響いた。

〝翻《ひるがえ》って故郷である高天市のことを考えました。

鏑木市長の強いリーダーシップのおかげで、都市としてとても活力に溢れています。

でも、市民はそれで本当に幸せなのだろうか、と考えるようになったんです。

私たちは生活をより良くするために、もっと自分自身の頭脳で考え、自分自身で行動すべきだと思ったんです。

《政治とは、より高邁な理想を追求し、市民に共通善を考える機会を与え、意義ある生活を提供する》というこの青臭い理想を、この高天で実現することが、私が皆さんの善意で生きてこられたことへの恩返しになるんじゃないか。

そう考えて、次の高天市長選挙に立候補しようと決意しました〟

6

控え室には関係者や市の有力者が、引きも切らず訪れた。幸子はその一人一人に誠意を込めて対応した。最後の客は、姉の瑞穂だった。

「素晴らしい演説だった。本当に感動した。やっぱり私は到底あなたには勝てないわ」

〝何言ってるの。それよりも来てくれてありがとう。こんなところに姿を見せて大丈夫なの〟

選も通訳をしながら驚きを隠しきれない。

「私がお呼びしたんです」

そう言って聖が部屋に入ってきた。ノートパソコンを抱えた中年の男性を連れている。

「こちらは、昨年秋まで高天市社会教育部文化財担当の学芸員をされていた篠原昌春《しのはらまさはる》さんです」

皆は、聖に促されるように幸子のそばの椅子に腰を下ろした。聖が続ける。

「篠原さんの専門は高天古代史で、退職されるまで沼島の高坏の剣の発掘調査の責任者でした」

瑞穂の顔から笑みが消えた。

「ご承知のように高坏の剣には、古代の祭場があった可能性があると言われていました。沼島ハイランド構想に伴う開発に当たり、発掘を行ったところ、紀元二世紀頃のものと見られる出土品が多数発見されました」

そこで篠原はノートパソコンを開き、画面を瑞穂のほうに向けた。

「出土品の中には、鏡や玉などもありました。私としては、それらの出土品の時代特定等の精査の必要性を感じて、国の専門機関での鑑定を依頼したいと上司に打診しました。しかし、それは却下されました」

なぜ、今、こんな話をしているのか、選には分からなかった。

「昨年八月に高天市を台風が襲ったのは、ご記憶ですか」

「ええ。確か高坏の剣の遺構が土砂崩れで大きなダメージを受けたと聞きました」

瑞穂の答えに篠原が首を振った。

「あれは、人為的なものです。台風に乗じて、何者かが破壊したんです。さらに同じ日、保管場所の市の文化財センターから出土品が消えました。私は、社会教育部長に、人為的な破壊行為だと訴えたのですが、台風が去った後、副市長と社会教育部長が記者会見を開き、高坏の剣から歴史的価値のある出土品は何も出なかったと発表したんです」

「なぜ、そんなことを」

思わず選が言葉を漏らしてしまった。

「高坏の剣が重大な遺跡だと分かったら、沼島ハイランド構想が進まなくなるからでしょう」

姉が説明した。篠原が大きく頷いた。

「私は、上司に猛烈に抗議したのですが、果たせませんでした」

「マスコミ関係者にリークすれば良かったじゃないですか」

選の指摘にその場にいる全員が頷いた。

「マスコミにリークしようと資料をまとめている時でした。家族の命とおまえの人生が大切なら、今すぐこの町から立ち去れという脅迫メールが届いたんです」

「それで、どうされたんです」

選の疑問で背中を押されたように、篠原が続けた。

「直後に、上司から依願退職を求められました。その意味を悟り、妻の実家がある隠岐島《おきのしま》で暮らしていました」

なのに、なぜ聖と一緒にここにいるんだ？

選の戸惑いと同じことを姉が口にした。途端に聖が嬉しそうに前に進み出て来た。

「みなさん、衝撃の事実でしょ？　でもね、実はみなさん、出土品の一部は壊されずにまだ残っているんです」

篠原がはじかれたように顔を上げた。

「ウチのスタッフが、遺構を破壊した業者を見つけましてね。出土品の一部を買い戻しました。黒松さんが市長に就任した暁には、市のほうで買い戻してもらいますがね」

聖が携帯電話を取り出して、「持ってきてくれ」と告げると、関口が段ボール箱を積んだ台車を運び込んできた。

篠原は台車に駆け寄ると、中を改めた。

「すばらしい！　ありがとうございます」

「それで、聖さん、その不届き者はどなたですか」

瑞穂が尋ねた。

「桜井興業の桜井源治郎さんです」

その男なら選も知っている。確か、鏑木に近い土建屋だ。

「そうでしたか。私、今決めました。あなたの要請に応じます」

「それは、雷神宮氏子会全体が、黒松さんをご支援戴けるという意味にとってよろしいですか」

聖が詰め寄った。

「結構です。できるだけ早く表明しましょう」

それだけ言うと、瑞穂は控え室を出て行った。

7

高天市長選挙告示日の朝、聖の元に千香からメールが来た。
〈最終得票予想。
当選確実　黒松幸子　七〇万票
　　　　　鏑木次郎　二七万票
　　　　　その他　　三万票
有効投票者数は、一〇〇万人。でも、もう少し投票率は上がるはず。上がれば、雪崩を打ってさっちゃんに行くと思われ。
ところで次の土曜日ライブなんで。
絶対、来てよ！　　　　　　　　　　　　　　千香〉
選挙は、告示日で決まる。
今回も滑り込みで、俺は依頼主の期待に応えられたわけだ。

冷蔵庫から缶ビールを取り出し、自分と幸子に乾杯した。

8

告示日の午前八時半――、清家川を挟んで高天市役所と対岸にある空き地に建てた選挙事務所に、運動員から連絡が入った。

〈今、七つ道具を受け取りました。選挙番号は一番です！〉

七つ道具とは、選挙管理委員会が出馬届けをした候補者に渡す公営物資のことだ。選挙事務所の標札、選挙運動用自動車・船舶表示板、選挙運動用拡声機表示板、自動車・船舶乗車船用腕章、街頭演説用標旗、街頭演説用腕章及び個人演説会用立札等があり、これらを俗に「選挙の七つ道具」と呼ぶ。

選挙番号とは、選挙ポスターを貼る掲示板に割り振られたナンバーだ。その抽選で幸子陣営は栄《は》えある一番の場所をゲットしたのだ。

「当確師」チームの姿は見えない。選挙違反対策なのだという。それでも、心配事があったら、時原を窓口にして聖とは連絡が取れるようになっている。

「さあ！　貼りに行こう!!」

選挙参謀に就いてくれた岡島が声を張り上げた。

高天市一三区内の掲示板に速やかにポスターが貼られる。この作業をどれだけスムーズかつ迅速に完了できるかは、候補者陣営の支援者の数とその熱意によるそうだ。

だから、番号が決まったのと同時に、スタッフを総動員してポスター貼りに走る。

聖からは「貼る時には、まず両手を合わせてお祈りするのを忘れるな。それから当選、当選と二回唱えて皺一つなく丁寧に貼るんだ」と厳命されている。

しかも、幸子のポスターは振るっている。

幸子が両手をメガフォンにして叫ぶポーズを取り、その背後で選が「GO!」と手話で訴えている。

ポスターについては、貼付《ちょうふ》場所や枚数には厳しい制約があるが、内容については自由だった。

出かけようとしたら、早くも鏑木市長の「第一声」が聞こえてきた。

「誰か、市長の演説聞きに行ってるのか」という岡島の問いに、学生ボランティアを仕切る谷村が「三人行かせてます」と応えた。

選挙管理委員会に届け出を済ませた運動員が戻ってきた。

選は、候補者が街頭演説の際に着用する腕章を手に、幸子の部屋に入った。室内には大勢の支援者がいて、相変わらず賑《にぎ》やかだった。

「幸子さん、始まりました」

幸子が右手でワニの口のような形を作った。手話で〝スタート！〟という意味だ。

「よし、みんな行くぞ！」

声を張り上げ、選も両手でワニの口を作った。

――いいか、何とか頑張れば、鏑木を破れるところまではきた。あとは、あんたらの情熱が勝負だ。死ぬ気で闘え。

今朝方、聖から掛かってきた電話に、選は声を張り上げて「見ててください！」と返した。

事務所前にお立ち台が用意されている。幸子と二人でその前に立つと大きな歓声と拍手が沸いた。

幸子は台の上に上がると、頭を下げて聴衆を見渡した。

「私たちの未来のための第一歩が、今始まります」

選が第一声を発した。

9

午前中に三カ所で街頭演説を終えた鏑木は、選挙カーのリアシートでｉＰｏｄに繋いだヘッドフォンを被り、目を閉じていた。

ドミンゴの伸びやかな声が、ヴェルディのオペラ『椿姫』の代表曲「乾杯の歌」を歌い上げている。

「Libiamo, libiamo, nez lieti calici（友よ、いざ飲みあかそう）

Che la bellezza infiora,（こころゆくまで）」

出だしは好調だった。三枝からの報告では、今朝一番に発表された支持率では、幸子との差は一五％以上あり、五％程度の接近はあっても、鏑木の勝利は堅いという。

あとは自爆さえしなければいい。

ドミンゴの言うとおり、もう支援者と一緒にシャンパンで乾杯したい気分だった。

思わず歌が口を衝いて出た。

「Godiamo, la tazza, la tazza e il cantico,（そうだ、楽しもうじゃないか）

La notte abbella e il riso;（笑いが夜を飾る）

In questo, in questo paradiso（この楽園の中に）

Ne scopra il nuovo di.（新しい日が現れるまで）」

フィナーレは立ち上がって熱唱していた。

陶酔感に浸っている時、ドアが開いた。深刻そうな顔つきで塚田が立っている。

鏑木はヘッドフォンを外した。

「何だ」

「先程、奥様が雷神宮で記者会見を開かれ、沼島の高坏の剣の遺構と出土物を破壊しただけではなく、貴重な遺跡発見の事実を隠蔽した不正を告発すると発表されました」

「なんだと」

それに呼応するようにスマートフォンが振動した。

「お電話には出ないでください。おそらくはマスコミです」

塚田はこういう状況でも冷静だった。

「瑞穂は何を考えているんだ。そんなデマを誰から聞いたのか知らないが、バカげている」

「発掘を担当した元学芸員の証言、さらには市長に頼まれて遺構を破壊し、出土品を粉々にしたという業者の証言もあるとか」

桜井源治郎が裏切ったのか。

「岩木を呼べ！」

「今、神宮に向かっています。奥様を捉まえてホテル高天グランドの特別室にお連れします」

桜井はなぜ、俺を裏切ったのだ。孫娘と楽しい余生を過ごせと言って、相応のカネも払ったじゃないか。

それよりも腹立たしいのは妻の行動だ。瑞穂は何を考えている。

二〇〇〇年近くも前の何をしたかも分からない遺構より、俺たちに必要なのは未来だ。沼島ハイランド構想実現への邁進を一日でも滞らせてはならない。そんな簡単なことがなぜ分からん！

鏑木はなおも振動を続けるスマートフォンを摑んで壁に投げつけた。

「さらに、もっと深刻な事態が起きています。記者会見の席上で、奥様と氏子会が黒松候補を支持すると表明したそうです」

高天市で最も伝統と格式を誇るホテル高天グランドの特別室に入るなり、鏑木は瑞穂の頬をぶった。

「怒りにまかせて妻を殴るなんて。弱い男」

「じゃあ、夫が満を持して選挙に臨む日にすべてをぶち壊した妻はどうなんだ。気が触れたのか」

瑞穂が一歩詰め寄った。

「正気です。告示当日までに、あなたが自ら罪を悔い告白してくれるのを待ったのです。でも、それをなさらなかった。だから、行動したまでです」

「古代の遺跡がそんなに大事か」

「愚かな。遺跡があれば、ハイランド構想にはもっと箔《はく》がついたのよ。もしかしたら、世界遺産だって狙えたかも知れない。なのに、小心者のあなたは功を焦った。そして、ウソと隠蔽、さらに、正しい行いをしようとした職員を脅迫した。正義の男が聞いて呆れるわ」

やかましい！

「俺が選挙に負けたらどうする？」

「それは身から出た錆《さび》。あなたが本当に高天市民に慕われ、敬《うやま》われているのであれば、文化財の隠蔽ぐらいでは市長の座はビクともしないでしょ。元々、幸子にはダブルスコア以上で圧勝する予定だったのならば、私になど頼らずとも大丈夫なはず」

瑞穂は背を向けてドアに向かった。

10

続いて、後援会長を務める小早川至が、鏑木の支援団体の票のすべてを黒松幸子に提供すると、メディアに宣言した。

そこからは、沈没船から逃げ出すネズミのような勢いで、次々と幸子陣営に組織票が流れた。

翌日、聖パトリック教団と高天博愛会が市長選挙の自主投票を決めた。実質的に、幸子陣営への鞍替《くらが》えだった。

選挙三日目には、鏑木を支持している組織票は、彼個人の支援団体の三割、そして利権にたかる企業だけになった。

選挙戦五日目に出た高天新聞の得票予想では、両者の票は拮抗と出たが、他紙や高天テレビは黒松幸子の「地滑り的大勝」と報じた。

鏑木は今や残り少なくなった自らの人脈を使って、幸子、選、そして瑞穂までものスキャンダルをネット上も含め怪文書として流した。

しかし、それは逆効果で、選挙直前の世論調査では、高天新聞まで「黒松候補圧勝」と書いた。

そして、投票日——、投票終了時刻が過ぎた直後の午後八時一分、ＮＨＫが高天市長選挙、新人黒松幸子候補が当選確実というテロップを流した。

事務所で待機していた聖は、速報が出た途端、冷蔵庫からシャンパンを出した。

「まだ、早くないですか」

そう言いながら関口が、グラスを取りに行った。

千香が幸子の選対事務所の連絡係とＬＩＮＥでやりとりをしながら感心している。

「もう事務所はお祭り騒ぎみたい。それにしても、参ったな。ボスは、こんな展開を予想してたんですか」

「当然だろ。俺を誰だと思ってるんだ」

「これって、結果オーライって言うんっすよね」

調子に乗って関口が軽口を叩いたので、頭をはたいてやった。

スマートフォンがＬＩＮＥを受信した。幸子からだった。

〈お世話になりました。ここまでうまく事が運んだのは、あなたのおかげです〉

〈それが、私の仕事ですから。ひとまずは、おめでとう。

でも、これからは茨の道です〉

〈そうね。これからが本当の闘いだわ。

そういえば、私も聖さんと同じように、市長当選した今日から、宗旨替えします〉

〈何を変えるんです〉

〈争わないというポーズを捨てます。

手始めに、これから徹底的に小早川一族を、市政から排除します。政治は、家族ゲームじゃない。君主気取りの彼らの存在は、高天市を堕落させます〉

怖い女だ。

〈つまり強権を振るうと？〉

〈ちょっと違う。私は何もしません。ただ、市民に彼らを排除するように仕向けるだけです。民主主義万歳！〉

近い将来、黒松幸子を引きずり下ろしたいという依頼が来るかも知れないな。

だとすれば、俺はいい仕事をしたことになる。強敵がいなければ、誰も選挙コンサルなんかにアドバイスを求めない。

〈楽しみにしています。では、また改めて〉

打ち上げの準備が整ったテーブルに、聖は向かった。

高天市長選挙結果

当選　黒松幸子　八二七、一三四票

鏑木次郎　一四九、〇〇二票

【高天市選挙管理委員会確定】

【主要参考・引用文献一覧】（順不同）

『代議士秘書　永田町、笑っちゃうけどホントの話』　飯島勲著　講談社文庫
『小泉元総理秘書官が明かす　人生「裏ワザ」手帖』　飯島勲著　プレジデント社
『ヒーローを待っていても世界は変わらない』　湯浅誠著　朝日新聞出版
『日本をダメにしたB層の研究』　適菜収著　講談社＋α文庫
『手話の世界を訪ねよう』　亀井伸孝著　岩波ジュニア新書
『マクベス』　シェイクスピア著　福田恆存訳　新潮文庫
『ジュリアス・シーザー』　シェイクスピア著　福田恆存訳　新潮文庫

※右記に加え、政府刊行物やＨＰ、ビジネス週刊誌や新聞各紙などの記事も参考にした。

謝辞

本作品を執筆するに当たり、関係者の方々からご助力を戴きました。深く感謝いたしております。

お世話になった皆様を以下に順不同で記しておきます。

ご協力、本当にありがとうございました。

渡瀬裕哉

湯浅誠

越智大輔、浦城直子、山内菜央子

東京手話通訳等派遣センター

金澤裕美、柳田京子、花田みちの

【順不同・敬称略】

真山　仁

二〇二二年四月

解説

大島新《おおしまあらた》
（ドキュメンタリー監督）

選挙は戦争だ――。

小説『当確師』は、このストレートな一言から始まる。私は長年選挙の現場を見てきた者として、そうした在り方を決して良いとは思っていないが、この考え方に同意する。そしてもう一言付け加えたい。

選挙は人間をむきだしにする――。

それが、選挙取材を続けた私の思いである。とはいえ、私は新聞やテレビなどマスメディアに所属する記者ではないので、見てきたのはたった一つの選挙区だけだ。それは、香川県高松市を中心とする香川1区である。

この選挙区を舞台に、私は2本のドキュメンタリー映画を製作した。1本目は、野党の衆議院議員である小川淳也《おがわじゅんや》氏を、彼の初出馬から17年にわたって追い続けた『なぜ君は総理大臣になれないのか』（2020）。2本目は、2021年秋の第49回総選挙を、先の小川氏に加え、対抗馬である自民党の平井卓也《ひらいたくや》氏、日本維新の会の町川順子《まちかわじゅんこ》氏も取材し、それぞれの支持者、有権者の視点も織り交ぜながら描いた『香川1区』（２０２２）である。

2本とも、この手のドキュメンタリー映画としては異例のヒットを記録した。観た人からは、「政治をテーマにした難しい映画かと思っていたが、内容がドラマティックでエンターテインメントとして面白いことに驚いた」という声を多く頂いた。うぬぼれではなく、「そりゃあ、そうですよ！」と私は内心で思う。ドキュメンタリー映画の巨匠・原一男《はらかずお》監督は「ドキュメンタリーとは人間の感情を描くものである」と定義しているが、選挙ほど、人間の感情がむきだしになる装置はないからだ。だから、そこがしっかりと撮れれば、面白くならないはずがない。

例えば最新作の『香川1区』では、主人公である小川淳也氏が、日本維新の会の候補者である町川順子氏に対し出馬取り下げ要請に動き、ＳＮＳ上で批判を受け炎上した。旧知の政治ジャーナリスト・田崎史郎《たざきしろう》氏がそのことをたしなめると、小川氏は激高、20も年上の田崎氏を怒鳴り上げ、その一部始終はカメラに収められた。私はこの時点で小川氏との付き合いは18年に及んでいたが、あんなに感情的になる氏の姿を見るのは初めてのことだった。小川氏からすれば、長く高い壁であった自民党の平井氏と一騎打ちの構図で戦うはずだった。選挙のたびに票差を詰めており、今度こそ選挙区で勝利する、と意気込んでいただけに、野党候補者である町川氏の出馬は晴天の霹靂《へきれき》だったのだ。それだけ追い詰められたが故に、周囲からはなかなか理解されにくい行動をとり、批判を受け激しく動揺した。

一方、自民党の平井卓也氏。2021年8月に東京の議員会館で私は初めて平井氏に会い、インタビューをした。小川氏に極めて近い私のインタビューを受けたことも驚きだったが、前作『なぜ君』について「観てはいないがタイトルがキャッチーでいい」「政治に関心を持つ人が増えるのはいいこと」と褒《ほ》めてくれた。終始余裕の態度で、大人の与党政治家といった風情であった。ところが、その後菅《すが》内閣が退陣し、岸田《きしだ》内閣が誕生。わずか1か月でデジタル大臣の職を失うと、徐々に余裕が失われていく。10月19日の総選挙公示後、高松の繁華街で平井氏の演説を撮影していると、突如映画『なぜ君』の批判を始めた。その口調は鬼気迫るほど激烈だった。「あれは相手候補のPR映画だ！」「私は怒っています！」「あんなことが許されるなら、日本中の国会議員が映画を作るようになる！」。言葉のボルテージはどんどん上がり、こちらもまた激高と呼んでいい状態だった。この時点で、自民党や地元メディアによる選挙の情勢調査が、「平井氏不利」を示していたらしい。これまた、選挙は人間をとことん追い詰め、人間をむきだしにする、と感じた瞬間だった。

ことほどさように人間の感情を爆発させる選挙という装置は、ドキュメンタリーにとって格好の「面白い」取材対象である。ところが新聞やテレビの選挙報道は、面白みに欠ける。

それは、マスメディアは「公正・中立」原則に縛られているため、どうしてもバランスに気を使い、伝え方が平板なものになってしまうからだ。映画はそうした縛りがないため、私の一人称で描き、誰に遠慮することもなく自由に表現した。その点が、エンターテインメントとしての評価につながったと考えている。

さて、前置きが長くなったが、本書『当確師』だ。著者の真山仁《まやまじん》氏は、言わずと知れた元新聞記者である。豊富な取材経験のなかには、おそらく選挙取材もあったのだろう。そこで真山氏は、選挙が人間をむきだしにする様を見たに違いない。しかし新聞記事には新聞文体というお作法があり、「面白おかしく」書くことは難しい。そこで、小説家となった真山氏は、フィクションによって縦横無尽に選挙を描いてみようと考えたのではないか。百戦錬磨のジャーナリストであり、抜群のストーリーテラーでもある真山氏の「選挙小説」が、面白くならないはずがない！

選挙の舞台は、架空の政令指定都市である高天市《たかあまし》。人口は177万人という設定なので、実在の都市で言えば、横浜市、大阪市、名古屋市、札幌市に次ぐ規模であり、5位の福岡市を上回る。現市長の鏑木次郎《かぶらぎじろう》は、養護施設で育つという恵まれない境遇から這い上がり、検事として活躍した後に市長選に出馬、前市長の不正を糺《ただ》し当選すると、その類まれな手腕で高天市を「日本で一番住みたい都市」と呼ばれるまでに発展させる。さらに高天市は、鏑木の働きかけによって首都を襲う甚大《じんだい》災害対策のための首都機能補完都市に選定される。事実上の副首都である。鏑木は2度目の市長選では無投票再選を果たし、善政を敷く名市長との呼び声の陰で、徐々に独裁者的な志向が見え隠れするようになる。だがそうした姿はごく一部の人にしか見えていない。盤石とも思われる鏑木市長の3選を阻止するべく、地元選出の国会議員から秘密の依頼が、凄腕の選挙コンサルタントであり本作の主人公でもある当確師・聖《ひじり》達磨《たつま》に舞い込む。それも、3人の対抗馬候補の中から聖が最もふさわしいと思う者を選び、その人物を当選させてほしい、という奇想天外な依頼である。

　私は主人公の当確師・聖、現市長の鏑木はもちろん、この3人の対抗馬候補の人物造形の秀逸さにうなった。一人は鏑木の妻である鏑木瑞穂《みずほ》。彼女の実家・小早川《こばやかわ》家は高天市屈指の財閥グループで、組織を実質的に率いる瑞穂は、地元で最も格式のある神社の氏子総代も務めるという、いわば名士中の名士である。夫婦仲は良く、夫を裏切って市長選に出馬する理由など何もない。もう一人の候補者は、瑞穂の親友で、社会活動家の黒松幸子《くろまつさちこ》。NPO法人を運営し、低所得者の支援活動を行っている。実は副総理まで務めた大物政治家の落としだね（非嫡出子）であり、乳児期の高熱によって聴力を失うが、アメリカに留学し政治学の博士号を取得した。3人目の候補者は、鏑木瑞穂の実弟で小早川財閥の御曹司・小早川選《すぐる》。東京大学で社会学を学び、大学院を出るほど優秀だったが、自身の恵まれた境遇に負い目を感じていた。バックパッカーとして数年間世界を放浪したのち、故郷に帰って貧困問題を考えるNPO法人（黒松のそれとは異なる）を立ち上げる。金持ちの道楽とも揶揄《やゆ》されるが、草食系の小早川選の性に合っている。選は義兄である市長・鏑木次郎の内に秘めた危うさを見抜き遠ざけているが、鏑木もまた苦労知らずの義弟の理想主義を嫌悪している。

3人と面識がなかった当確師・聖は、それぞれと接触し、誰を候補者に立てれば絶対王者とも呼べる現市長・鏑木次郎に勝てるかを思案する。3人の背景と人となりが徐々に明らかにされていくなかで、彼らの政治的な志向も読者に提示され、考えさせられる。さらにその過程で、この「日本で一番住みたい都市」に秘められた負の側面が浮かび上がる。そして、聖への依頼に隠された意図がつまびらかになってゆく後半には、この小説がミステリーの要素を孕《はら》んでいたことに気づかされる。

選挙の結果は、『当確師』というタイトルから想像できる通りとなるが、そのこと自体はこの小説の魅力とはあまり関係がない。むしろ、結果に至るプロセスこそが重要であり、そこで描かれるむきだしの人間模様を堪能すればいい。

そしてこの小説には、政治に対する様々な考え方が描かれ、言葉が飛び交うが、読了後に私の心に最も刺さったのは、作者である真山氏の内に秘めた理想主義だ。例えば偽悪的にも思える当確師・聖の表には出さない哲学は、こんな風に語られる。

「選挙で、この国を浄化する――。そのためには、圧倒的な権力者を叩き潰し、愚かな有権者に妄想を抱かせねばならない。すなわち、政治なんて何をやっても変わらないと、諦《あきら》めてはいけない、民主主義の主役は有権者なのだと」

さらに、政治家だった父に反発していた黒松幸子は、若い頃は実現性に乏しい理想主義と否定していた父親の言葉を引きながら演説をする。

「《政治とは、より高邁な理想を追求し、市民に共通善を考える機会を与え、意義ある生活を提供する》というこの青臭い理想を、この高天で実現することが、私が皆さんの善意で生きてこられたことへの恩返しになるんじゃないか」

経験豊富な記者であった真山氏は、人間社会の表と裏、光と影、善と悪といった様々な側面を目の当たりにしてきたはずである。そうした経験を積めば積むほど、徹底的な現実主義に陥ってもおかしくない。そんな真山氏の小説に通底する理想主義に、私は胸を打たれずにはいられない。氏は、理想主義とはかけ離れた現実政治を知り尽くしたうえで、「小説くらいは理想を語ってもいいじゃないか」と思っているのか、あるいは本当に政治には理想主義が必要だと感じているのか、お会いする機会があったら、私はぜひ聞いてみたい。

二〇一五年一二月　中央公論新社
二〇一八年一一月　中公文庫

※この作品はフィクションであり、実在する人物・団体・事件などには一切関係がありません。

光文社文庫

当《とう》確《かく》師《し》

著者　真《ま》山《やま》仁《じん》

2022年4月20日　初版1刷発行

発行者　鈴木広和
印刷　萩原印刷
製本　ナショナル製本

発行所　株式会社光文社
〒112-8011　東京都文京区音羽1-16-6
電話（03）5395-8149　編集部
8116　書籍販売部
8125　業務部

ISBN978-4-334-79341-8　Printed in Japan

組版　萩原印刷